ラルーナ文庫

JN105151

黒騎士辺境伯と捨てられオメガ

葉山千世

三交社

CONTENTS

Illustration

木村タケトキ

黒騎士辺境伯と捨てられオメガ

本作品はフィクションです。
実際の人物・団体・事件などにはいっさい関係ありません。

I

雨の匂《にお》いがする、とルディ・フラウミュラーは草むしりをしながら、確かめるように深く空気を吸い込んだ。

そうして空を見上げると、雲の流れが速くなっていることに気づく。これはもういくらもしないうちに雨が降ってくるに違いない。

ルディは草をむしる手を止めて、屋敷の裏口へと駆けていった。

「マリア！　マリアいる？」

ルディが呼びかけると、奥のほうから女性の声が聞こえた。

「はいはい、おりますよ。どうなさいましたか」

どうやら廊下の床を磨いていたらしい彼女は姿を見せて返事をした。

マリアはこの屋敷に長年仕えている古参のメイドである。ルディが幼い頃からいて、屋敷のことはなんでも知っている。

「マリア、洗濯物を取り込んだほうがいいと思うよ。すぐ雨が降ってくるから」

ルディの言葉に彼女は「あら」と驚いたような顔をした。

「雨ですって？　そんな気配もないくらいピカピカのお日様だったのに。ああ、でもルディ坊ちゃんがおっしゃるならそうなんでしょう。承知しました。すぐに洗濯物を入れますね」

「ありがとう。よろしくね、マリア。でも、坊ちゃんはやめてよ。僕はもう坊ちゃんじゃないんだから」

苦笑しながらそう言うと、マリアは溜息《ためいき》をつく。

「なにをおっしゃってんですか。私らの中でルディ坊ちゃんはいつまでもこのお屋敷の跡取りの坊ちゃんですよ。今でこそグレゴール様が取り仕切っていても、ルディ坊ちゃんがこのフラウミュラーの跡継ぎには違いありません。……まったく、なんだって坊ちゃんが使用人のような扱いを受けなくちゃなんないんですかねえ。古着しか与えられなくなって、食事もあたしらと同じもんで、しかもこんなに泥まみれになっているなんて、旦那《だんな》様や奥様が生きていらしたらどれだけ悲しまれることでしょう」

悔しいとばかりの口調でそう言いながら、マリアは首を横に振る。その目は微《かす》かに潤み、彼女はすぐさま袖口で目元を拭《ぬぐ》った。

「ありがとう、マリア。いいんだよ。庭の仕事だって僕は大好きだし、古着だって気にならないよ。僕はおしゃれには疎いほうだしね。それにこうしてみんなと働けるのはとても楽しいんだ。それに家のことだって、グレゴール叔父《おじ》様がいなければお取り潰《つぶ》しだったかもしれないだろ？　僕のような者をこうして屋敷に置いてくれているだけでありがたいことだよ」

にっこりとルディが笑ってみせると、マリアは悔しげに顔を顰《しか》める。

「そんなことおっしゃらないでください。グレゴール様がこの屋敷に来なければ、すんなり坊ちゃんが跡を継げたはずなんですよ。まったく、あの家族ときたらたちの悪い寄生虫のようなもんです。あの方たちがいらしてから、ろくなことはありませんよ」

「マリア、言いすぎだよ。叔父様のおかげで、フラウミュラーはまだ爵位を存続することができているんだからね」

「坊ちゃん……。でも、あの方たちにこき使われているせいで、あんなにおきれいだった手は荒れ放題だし、それにこんなに痩《や》せちまって……奥様似の金色の髪も栄養が足りなくてパサパサ……今の坊ちゃんを見たら旦那様はお嘆きになるに決まってます」

これまで感じていたことをすべて吐き出すようにマリアは一気に愚痴をこぼした。

とはいえ、マリアは間違ったことは言っていない。

ルディはそれはそれは美しい容姿を持つ少年だった。だった、と過去形なのはマリアの言うとおり、水仕事で手は荒れ、もちろん爪《つめ》の手入れなどできるはずもなく、ボロボロのためである。おまけにろくな食事を与えられていないせいで、きれいな金色の髪はパサつき、華奢《きゃしゃ》な身体《からだ》はますます痩せていったのだから。ただエメラルドのような緑色の瞳《ひとみ》に長い睫毛《まつげ》、白い肌にピンクの頰《ほお》と、ルディ自身の美しさになんら変わりはない。

それでも長年この屋敷に仕えているマリアにとっては、十分腹立たしいことなのだろう。

「いいんだよ、マリア。そのへんにしておこう？　僕はこの生活を不満には思っていないんだから。――ほら、早く洗濯物を取り込んでこないと、雨が降ってくるよ。僕も庭の後片づけをしてくるから」

ね、とマリアに笑いかけると、ようやくマリアは「はい」と返事をして洗濯物を取り込みに向かった。

マリアの背を見送りながら、ルディは苦く笑う。

彼女が憤慨するのも当たり前といえば当たり前だった。

ルディは本来であれば、このフラウミュラー家の当主なのだから。

男爵であったルディの父親は聡明《そうめい》で人柄も温和であり、領民からもとても親しまれている、ルディの一番尊敬する人でもあった。だが、その父を三年前にたちの悪い流行病《はやりやまい》で亡くしてしまった。ルディの母親も幼い頃に亡くなっており、ルディは父を亡くしたときに愛する家族をすべて失った。

ルディは当時十五歳で、その年であれば父の跡を継いで叙爵することができたはずなのだが、それは叶《かな》わなかった。

「……僕にギフトさえ授かっていたらな」

ルディはぽつりと小さくこぼす。

ギフトというのは、この世界においてほとんどの者に与えられる神から授けられるスキル《能力》である。このスキルは人により様々で、ピンキリなのだが、このギフトが与えられない者はいないと言われている。

また、ルディが住むこのエネリアという国では、ギフトによって、就く職も変わってくる。

例えばマリアはごく弱いものだが、水魔法が使える。水を操ることができるおかげで洗濯などの家事仕事に随分役に立っている。またそれに加えてヒールと言われる回復魔法を使うことができる。とはいえ、小さな傷を治すくらいの弱い魔法だが、ルディの幼い頃はマリアのこの魔法に随分と助けてもらった。

そのためマリアはこの屋敷でメイド長として存分にギフトを活用しているわけだ。

だが、そのギフトをルディは授かることができなかった。

ギフトが発現するのは概《おおむ》ね十五歳までと言われており、大人になってから発現するケースというのはまずないと言っていい。よって、ルディはそのごくごく稀《まれ》なケースというわけだ。

それに加えて、ルディはオメガであった。

この世界には男性・女性という性とは別に、アルファ、ベータ、オメガという三つの個体種が存在している。

その中でもオメガというのは非常に特殊な種であった。

まずアルファというのは先天的にカリスマ性と優れた能力を持つことから、リーダー的な立場——例えば執政者や貴族の多くはアルファである。しかし、極端に数が少ない。

またベータはこの世界のほとんどを占める個体種であり、アルファほど突出した能力はないものの、優秀な者も一定数存在する。アルファを補佐する者も多いが、その逆ももちろんある。いずれにしてもごくごく一般的な能力を持つ種であるが、このベータという種が社会を構成していた。

そしてオメガは特徴もなにもかもが、アルファやベータいずれの種ともまるで異なり、さらに数も非常に少ない。アルファと同じくらいか、あるいはアルファに満たないくらいの数しか存在しない希少種である。

しかもその独特の特殊性によって、差別を受けることも多かった。

ひとつには、非常に美しい容姿を有していること。

そして一番の大きな特徴は、オメガは女性のみならず男性であっても妊娠できるということだ。月に数日〜一週間程度発情期が存在して、主につがいを持たないアルファを強烈なフェロモンで引き寄せてしまうのだ。それだけでなく、ときにはベータですら不用意に惹《ひ》きつけることもあるほど、実に魅惑的な存在である。

自身の見ための容姿の性別が男であれ女であれ、それに関係なく子が産めるという特徴を持つ彼らは、かつてはアルファの種の存続のために彼らに隷属していたという歴史があった。アルファ同士の婚姻では複数の子を持つことがほとんどない。そのため、跡継ぎ問題に影響が出ていた。

それに比べ、オメガは発情期にアルファと性交すれば八割以上の確率で妊娠でき、また複数の子を産むこともできる。多胎も多く、さらにアルファとオメガではアルファという種を産み出す確率が格段に高くなるため、繁殖を目的として利用されることもあったほどだ。ただ、月の四分の一程度は発情期で仕事に就くことがままならないため、その美しい容姿を武器に娼館《しょうかん》などの性産業に従事する者も少なくなかった。そういったこともあって、オメガは冷遇されていたのである。

ただ、オメガはベータと異なり、アルファと「つがう」ことができる。つがい、というのはアルファとオメガの間にのみ発生する特殊な繋《つな》がりで、一種の契約のようなものではあるが、それはなにより強い絆《きずな》だ。アルファとアルファ、アルファとベータ、またベータとオメガでは婚姻関係を結ぶことはできるが、つがいという強い絆で結ばれることはない。

それだけアルファとオメガの間には人知を超えた不思議な縁があるのだった。

ルディはフラウミュラー家の数代前の血縁にオメガがいたことから、先祖返りでオメガ性が発現していた。

両親はルディがオメガだったことから、後々困らぬようにとルディの後ろ盾になるような伯爵家の三男を婚約者に決め、ルディが結婚した暁には正当に家督を継げるように取り計らってくれていた。またギフトを持っていないことを知られぬよう、ルディを人前には滅多に出さないようにしてくれていた。

父親の死後、懸念していたとおりルディが当主になることに対して、貴族院から物言いがついた。ルディが当時まだ十五歳でもギフトを授かっていなかったことが知られたことと、やはりオメガであるということが、足かせになったのである。

ただ、ルディには婚約者がおり、いずれルディと結婚することでその夫が叙爵できることになっていた。また叔父のグレゴールが結婚するまでのルディの後見人となったことで、フラウミュラーは男爵家を存続することができたのである。

しかし、その代償は大きかった。

グレゴール一家がこの屋敷に移り住むようになると、ルディは迫害されるようになったのである。

グレゴールはルディの後見人という立場を利用し、フラウミュラー家の財産管理の権限をルディから奪った。

さらに「養ってもらえるだけありがたいと思え」と、ルディを使用人と同じ扱いどころか、もしかしたらそれよりも悪いかもしれない――要は、ろくな扱いをされていなかった。

言いつけられた仕事がこなせなければ、食事も与えられず、新しい服どころか、持っていた服は取り上げられ、代わりに与えられたのは穴が空いたり破れたりしたような古着ばかりだった。

そのため屋敷の外では、フラウミュラーの当主が亡くなったと同時に、跡継ぎも亡くなったと思われているのである。

マリアが憤っていたのはそういうわけだった。

しかし、婚約者と結婚すれば、ルディはまだこの家にいられる。そうすればこの家を取り戻すことができる、とルディは考えていた。

（父様も母様もくさらずに笑顔でいなさい、っていつも言っていたっけ）

理不尽な扱いは受けているが、ルディ自身、自分に生活力がないのはわかっている。この家を追い出されて路頭に迷うよりはよほどましだ。

「さ、頑張ろうっと。しょげてなんかいられないしね」

自分を奮い立たせるように明るい口調で言いながら、ルディは庭仕事の後片づけをはじめた。

するとほとんど間を置かずにポツポツと雨粒が手の甲に当たりはじめる。

「やっぱり降ってきた。マリアは洗濯物取り込めたかな」

さっきまでさんさんと太陽の光が降り注いでいたのに、空はあっという間に黒雲に覆われ雨粒を地面に落としていた。

「僕もさっさと終わらせないと」

そう独りごちながら、納屋へ道具を片づける。納屋を出て屋敷へ戻ったときには雨脚はすっかり激しくなっていた。

「あ、皿洗いを手伝ってこなくちゃ」

ルディには休む暇はない。いくつもの仕事を言いつけられ、すべてこなさなければ食事にもありつけなくなるのである。とはいえ、その食事も使用人と同じものにするよう言いつけられていた。

厨房《ちゅうぼう》へ足早に駆けていくと、メイドの一人がちょうど昼食の皿を洗いはじめているところだった。

「お皿洗い代わるよ。ここは任せて」

「でも……ルディ様に……」

まだ彼女はルディに遠慮があるらしい。マリアもそうだが、この屋敷の使用人はいまだルディを当主と思っている。

「いいんだよ。僕はここに住まわせてもらっている身だからね。秀でたものがない分、みんなよりも一生懸命働かなくちゃ。ただ飯は食べられないでしょ？」

「ルディ様……」

「さ、代わって代わって」

ね、とにっこり笑ってみせると、彼女はしぶしぶ「わかりました」と返事をしてルディと皿洗いを交代した。

メイドから皿洗いを代わったルディは丁寧に食器を洗っていく。

手にしている食器は金や銀で装飾の縁取りがあったり、繊細な絵付けがされている美しいものばかりだ。

特に今手にしている皿は、母親がとても好んでいたもので、よく果物を載せて楽しんでいた。

「今日はなにを召し上がっていたんだろう」

今ではこの食器もなにもかも、叔父家族が好き放題にしている。

だが数年前まではルディもこの食器で食事を楽しんでいた。

両親が揃《そろ》っていた頃のことを思い出す。あの頃はまさかこんな未来が待っているとは思わなかった。母が亡くなり、そして父までも失い、もう家族で食卓を囲むことはなくなってしまった。

マリアやさっきのメイドに話したこと――ここに置いてもらえるだけでありがたい――はルディの本心だ。それは間違いない。けれど、やはり両親を失ったことは寂しい。無償の愛を注いでくれていた存在を失うというのはなんと辛《つら》く寂しいのだろう。

「……弱音を吐いている場合じゃないよね。僕はまだ恵まれているんだから、贅沢《ぜいたく》なんか言ったら罰が当たる」

小さく首を横に振って、ルディは食器洗いに集中する。

たくさんの思い出が詰まった食器を丁寧に洗っていると、当時のことを思い出すことができて楽しい。

「あ、これは父様のお気に入りだったナイフだ」

柄に獅子《しし》が彫られた銀製のナイフは父親の気に入りで、鹿を狩りに行ったときには、コックが料理した鹿をこのナイフで食べていた。

ルディも鹿狩りには何度か同行したが、狩りはあまり得意ではなく、ろくな獲物を狩ることができなかった。それでも父親はそんなルディに呆《あき》れることなく、「ルディには別の得意なことがきっと見つかるさ」と大らかな笑顔を見せてくれていた。

思い出に浸っていると、「ルディ!」と自分を呼ぶ声が耳に飛び込んできた。

「ルディ！　どこなの！　返事をなさい！」

たとえ幻でも、両親が自分を呼んだなら、うれしかっただろうが、耳に入ってきたのは父でも母でもない、ヒステリックな金切り声だ。こんなふうに自分を呼ぶのは決まっている。

ふう、と溜息をつきながら持っていた食器を洗っている手を止めた。早く返事をしなければ、声の主の機嫌を損ねるだけだ。

濡《ぬ》れた手を布巾で拭《ふ》きながら、厨房を出る。

「僕はここです。サビーネ、なにか用ですか」

ルディがサビーネと呼んだのは、ルディのいとこにあたる叔父のグレゴールの一人娘である。年はルディより二つ年下とそう離れていないことで、幼い頃はよく一緒に遊んだのだが、今やすっかり彼女はルディを使用人として扱っている。

「昨日頼んでおいた扇の修理、どうなったのよ」

「それは……要の金具に特殊な細工がされているので、少し時間がかかると昨日お伝えしていますが、お忘れでしょうか」

居丈高な口調のサビーネにルディは穏やかに答える。

だが、ルディの返事がサビーネには不満だったらしい、キッとルディを睨《にら》みつけた。

「わかってるわよ。だから、あの扇を明日の夜会に持っていきたいって言ったでしょ。なぜ早く修理させないのよ。フラウミュラーの出入りならそのくらいの融通を利かせてもいいはずじゃない」

無茶なことを、とルディは内心で大きく溜息をついた。

「サビーネ、申し訳ありませんがそれは無理なお話です。サビーネはたくさん扇をお持ちなのですから、明日は他のものにされてはいかがですか。ほら、先日お買い求めになっていた、絹に美しい絵が描かれたものとか」

「いやよ。明日は絶対あれを持っていきたいの。ルディ、さっさと修理してもらって。でなければあんたは夕食抜きにするわ」

いくらこの屋敷に出入りしている職人でも、できることとできないことがある。ことに特殊な細工がされているものであれば、職人としても杜撰《ずさん》なことはできないと考えるはずだ。付け焼き刃の修理など職人の名誉に関《かか》わることだし、信用にも影響する。

言いつければすぐに修理ができるなど、そんなことはあるはずがないのだが、サビーネは聞く耳を持たなかった。

夕食を抜かれたくらいで、職人に無理を強いることがなくなるのならそれでいい、とルディは考える。

「サビーネが僕の夕食を抜くなら抜いて構いません。あの扇は僕の母様のものでしたから、急がせて杜撰な仕事をされるのは避けたい……。時間がかかってもいいから、きちんと修復して元の美しい扇にしてもらいたいと思っています」

きっぱりと言うルディにサビーネは気分を害したらしい。

「うるさいわね！　あんたは私の言うことを聞いていればいいのよ。いったい誰《だれ》のおかげでここに住めると思っているの！」

声を荒らげる彼女の声はルディの耳には痛かった。自分はもう彼女に意見できる立場ではない。それはわかっている。だが、母の形見を蔑《ないがし》ろにされることは許せなかったのだ。

「気分を害してしまったらすみません。でも……」

「もういいわ！　他の人間を使いにやるから。あんたはこの先しばらく夕飯抜きよ！」

ふん、と鼻を鳴らし、サビーネは踵《きびす》を返した。

彼女の背を見送りながら、ルディはサビーネを怒らせてしまった、と内心で溜息をつく。

（当分夕食抜きか……こたえるな……でも、仕方ない）

きっと他の人から見れば、ルディのバカ正直な態度に呆れたことだろう。

扇もどうせサビーネが使うものだから、間に合わせの修理でも彼女が満足すればよく、その場を取り繕って適当にあしらっておけばよかったのかもしれない。だが、両親の形見の品を雑に扱われるのは身を切られるより辛かった。


くたくたに疲れ切った身体を寝台に横たえた。

ルディの部屋は元の広い部屋ではなく、屋根裏部屋に移された。この部屋の天窓から見る夜空はとてもきれいで、ルディは目を細めてしばし星空を堪能《たんのう》する。

「ここが一番空に近い部屋だもんね。なんて贅沢なんだろう」

狭い上、天井も低いが、ルディにとっては極上の一室である。

こうして一日の終わりにきれいな夜空を見るのがルディの楽しみだった。

なにしろ今日も一日、グレゴール一家の我儘《わがまま》に振り回されて、小間使いのようにあちこち走り回らされたのだから、身体はあちこち悲鳴を上げている。

しかも、夕食はない。この前サビーネを怒らせたせいで、夕食を抜かれてしまい、一週間経っても与えてくれることはなかった。

ときどき使用人が自分たちのパンをルディに分け与えてくれようとするのだが、ルディはそれを一切断っていた。ただでさえ使用人たちには迷惑をかけているのだ。自分のしでかしたことで、彼らにこれ以上迷惑をかけるわけにはいかない。もしルディが使用人たちのパンをもらっていることがグレゴール叔父らに知れたら、自分だけでなく、使用人までとばっちりがいくかもしれない。それだけは避けたかった。

（みんなが僕のことを考えてくれるのはありがたい……でも、だからって甘えるわけにはいかない）

そんなことをつらつら考えていると、コンコン、とルディの部屋をノックする音が聞こえた。

「はい、どうぞ」

起き上がって返事をし、ドアを開けるとマリアがそこに立っていた。

「マリア……！　どうかしたの？」

ルディはマリアを見て驚く。それもそのはずで、彼女が持っているのはサンドウィッチがのった皿と茶器だったのだ。

「ずっとお夕食を召し上がっていらっしゃらないでしょう？　夕食どころか、朝も昼もろくに食べていないんじゃありませんか？」

マリアはじっとルディの顔を見る。

「た、食べてるよ」

「嘘《うそ》ですね。そんな顔色で言われても説得力がありませんよ」

そう言われて、ぐうの音も出なかった。

言葉も出ないルディにマリアは小さく息をついて口を開いた。

「強がらなくてもいいんですよ。それにしても、本当にどういうことなんでしょうね。あんな強突く張りの家族ときたら、やることが下品で下品で。――あれじゃあ、坊ちゃんが可哀想《かわいそう》ですよ。どう考えてもサビーネ様が悪いというのに。みんなも同じ気持ちでね、コックが持っていってくれ、ってこれをね」

マリアがにっこり笑って皿をルディの目の前に掲げた。

「みんなの気持ちを受け取ってあげてくださいな」

自分のために心を砕いてくれる人たちがいることに、ルディは胸が熱くなった。思わず目頭に涙が滲《にじ》む。

「さあさ、すぐ召し上がって。お腹が空《す》いておいでてでしょう？」

そんなルディにマリアはそう言って、サンドウィッチと茶器ののった盆を差し出した。

「で、でも、マリア……こんなところ叔父様たちに見つかったら……！」

ルディが声を潜めながらそう言うと、彼女は小さくウインクをする。

「大丈夫ですよ。グレゴール様ご一家は今ちょうど夜会に行っていますからね。当分は帰ってきません。今のうちに召し上がってくださいまし」

「マリア……」

確かに叔父らが出かけていていないのであれば、このサンドウィッチを受け取っても彼らに知れることはなく、誰も咎《とが》められることはないだろう。夜会となると帰宅はかなり遅くなる。

「ありがとう。いただくよ。ごめんね、気を遣わせて」

「いいんですよ。まったくあの人らときたら坊ちゃんにひどいことを。自分たちだけ贅沢三昧《ざんまい》で坊ちゃんにはこんな仕打ちをするなんて。旦那様が生きていらしたらさぞかしお嘆きになったことでしょうに」

「マリア、いけないよ。そんなことを言っちゃ」

「いえ、言わせてくださいまし。あの人たちの贅沢のせいで、この家の財産も底をついているんですから。坊ちゃんの食事を抜くのも少しでも節約したいだけなんですよ」

「それは……」

マリアの言うことをルディも薄々感じていた。父親が生きていた頃は裕福だったこの家は、叔父たちがやってきてからのたった三年で状況は変わったらしい。マリアが言うことが本当なら、最近この家でときどき古物商を見かけたのも、納得がいった。おそらく調度品を売ろうとしていたのかもしれない。

さすがに目立つものは売ってはいないようだが、もしかしたら知らない間になくなっているものもあるのだろう。

「おしゃべりが過ぎました。さ、グレゴール様たちがお帰りになる前に早く召し上がって。お皿と茶器は明日にでも下げに参りますから、そのままで」

では、とマリアはルディの部屋を立ち去った。

心づくしの食事にルディは感激する。ティーポットからカップに茶を注ぐとまだ湯気が出ていて、温かいのだとよくわかる。そっと口をつけて、ひと口飲むとその温かさがみんなの気持ちのように思えてなおのことうれしくなった。

サンドウィッチはルディの好物のコールドチキンが挟んであり、あっという間に食べきってしまった。添えてあるピクルスもきれいに食べてしまい、そこでようやくほっと一息つく。

ここにマリアがいなくてよかった、とルディは苦笑する。

こんなにがっついて食べる姿を見たら、きっと「坊ちゃん、お行儀が悪いですよ！」と小言が飛んできただろう。

それより、とルディは先ほどのマリアの言葉を思い出していた。

叔父たちがやってきてから、放蕩《ほうとう》の限りを尽くしているとは思っていたが、マリアたちに気づかれるほどの窮状だとは思ってもみなかった。

そんな状況でも自分がなにもできないことが悔しくてたまらない。

「夜会……か」

おそらく叔父たちがやっきになって夜会に出かけているのには理由がある。

社交界というものは、春から秋にかけてがシーズンで、この時期には毎日のようにそこかしこで夜会が開かれている。

特に今年はサビーネにとって重要な年だ。十六になると、貴族の子どもたちは皆社交界にデビューする。たくさんの夜会に出かけ、顔を広め、人脈を作るのが目的だ。サビーネは今年十六歳で、デビューの年にあたる。グレゴールらが鼻息を荒くして、夜会に出かけているのは少しでもよい条件でサビーネの縁談をまとめるためもあるのだろう。

とはいえ、ルディも来月には十八となる。婚約者であるハルトマン伯爵家の三男であるマルティン・ハルトマンとの結婚はルディが十八の誕生日を迎えた後ということになっているから、それまで待てばグレゴールはルディの後見人を外され、またルディには大きな後ろ盾ができる。

そうすれば、彼らからこの家を取り戻せるのだ。

(それまで待てば……あとひと月……)

ルディは祈るような気持ちで窓からきらめく星空を眺めた。


「ルディ、話がある」

次の日、応接室に来るようにとグレゴール叔父にルディは命じられた。

(話……?)

なんだろう、とルディは首を捻《ひね》る。

(しかも応接室だなんて……いったいなんの話が……?)

あまりいい予感はしなかったが、言いつけどおりルディは応接室へ向かい、ドアをノックした。

「ルディです。お呼びでしょうか」

中から「入りなさい」という高圧的な声が聞こえ、ルディはドアを開けた。

そして開いてすぐに目にしたものにルディは大きく目を見開いた。

「マルティン……！」

婚約者のマルティンがソファーに腰かけていたのである。

わざわざ彼がここへやってきたということは、いよいよルディとの結婚に向けて話をしにきたのだろうか。だったらうれしい、とルディは希望に胸を膨らませた。

だが、その期待は無残に打ち砕かれることになる。

「ルディ、よく聞きなさい。このたび、マルティンとサビーネとの婚約が整った。挙式はこの秋になる。よって、マルティンとおまえの婚約は破棄されたことになる。よいな」

グレゴールの言葉にルディは一瞬目の前が真っ暗になった。

（え……どういうこと……）

気力を振り絞って、倒れそうになるのをぐっと堪《こら》える。そうして真っ先にマルティンの顔へ視線をやると、彼はルディから目を逸《そ》らした。その態度にルディはさらにショックを受ける。

(マルティン……)

彼とは幼なじみで、互いに好き合っていると信じていた。マルティンは穏やかな性格で、少し優柔不断なところはあるが公平なものの見方をし、とてもやさしい。

ルディがオメガであり、ギフトを持たないとわかっていても昔と変わらず態度を変えなかった数少ない人間の一人だ。なのに、今はルディの目を見ようともしない。それがたまらなく悲しい。

そして、彼の今の態度がすべてを物語っている、とルディはこれが冗談でもなんでもなく、本当のことなのだと悟った。

「マルティンは私を愛してるって言ってくれたわ」

ふふん、と勝ち誇ったようにサビーネが笑いながら言う。

けれどサビーネのそんな失礼な態度すら頭に入ってこないほど、ルディは婚約を破棄されたことにショックを受けていた。

今の今まで、マルティンと結婚するものだと思っていたのである。しかもこれで自分がこの家にいる理由がなくなってしまった。もうルディに価値などなにもない。

「いやあ、我がフラウミュラーもこれで伯爵家との縁ができた。これでますます安泰だ」

ハハハ、というグレゴールの高笑いを聞きながら、ルディは悔し涙がこぼれそうになるのをぐっと堪える。

「ルディも祝ってくれるだろう？」

グレゴールがとどめとばかりに意地の悪いことをルディに言った。

ルディは悔しくてたまらなかった。しかし、ハルトマン家がマルティンとサビーネとの結婚を決めたというなら、従うしかない。父親が生きていたなら絶対にあり得ないことだっただろうが、もう父親はいないのだ。当主でもなんでもないルディになにも言い返すことはできなかった。

「……お……おめでとうございます。どうぞお幸せに」

上擦った声でそう言って、ルディは踵を返し、応接室を出る。

去り際にマルティンが「ルディ」と声をかけたような気がしたが、立ち止まることはせずにルディは応接室のドアを閉める。

ドアの向こうで楽しげな笑い声が響いているのを聞きながら、ルディは俯《うつむ》きとぼとぼと廊下を力なく歩きはじめた。

「ルディ、待ちなさい」

突然応接室のドアが開き、グレゴールがドアの隙間《すきま》から顔を出す。

返事をする気力も出なかったが、返事をしなければまた嫌みを言われると考え、振り返ってかろうじて絞り出した声で「はい」と返事をする。

するとグレゴールはルディに近寄りこう言った。

「ひとつ言い忘れていた。フラウミュラーの当主は正式に私が務めることとなった。だからな、おまえは明日の朝までに荷物をまとめて出ていってくれ。いいな」

その言葉はルディを絶望の淵《ふち》に追いやった。

「え……でも……では、僕はどこに行けば」

困惑しつつもルディはグレゴールに聞く。

この屋敷以外、ルディには行くところなどない。それはグレゴールもわかっているはずである。

ルディの言葉にグレゴールはふん、と鼻を鳴らした。

「どこでも好きなところに行けばいいだろう。本当なら、とっくに出ていってもらうところだったのだからな。今までこの屋敷に置いてやったのをありがたく思ってもらいたいくらいだ。——ああ、おまえの母親の縁《えにし》の者が隣国にいるはずだろう。そこを頼ればいいのでは？　なあ、ルディ」

母親の遠縁が確かにいるにはいるが、これまでまったく交流がなく、それにかなり高齢と聞いた。そのため果たして存命なのかどうかすらわからない。そんな遠戚《えんせき》を頼るというのは現実味に乏しい。

「まあ、おまえは明日から自由ということだ。いいな」

　このグレゴールの言葉によって、すべてをルディは奪われたのである。

　自由、などと聞こえがいい言葉を口にしているが、その裏にあるのは、ルディは自分たちとは関係ないと言い切っているも同然なのである。

　もしかしたら、とこの可能性については、ルディも想像していた。しかしまさか、という気持ちもあったのだ。仮にも自分の兄の子を放り出すような真似《まね》はしないだろうと心のどこかで高をくくっていたのかもしれない。強欲なグレゴールがいつまでもルディを置いておくはずはなかったのに。

　グレゴールはそれだけを言って再び応接室のドアの向こうへ消えたが、ルディはなにも考えられずにただその場に立ち尽くすことしかできなかった。


　ルディは部屋に戻ると、荷物を作りはじめた。

　明日までに、とはなんと容赦ないことだろう。住む場所も働く場所もないのに、出ていかなければならないなんて。

しかし、ここでめそめそ泣いていてもはじまらない。明日には望むと望まざるとにかかわらずここを追い出されてしまうのだ。だったら、潔くしていたほうがいい。

「……けど、荷物っていっても……」

はあ、とルディは大きく溜息をついた。

グレゴールがこの屋敷にやってきて以来、ルディのものはすべて取り上げられていた。ルディが使っていたきれいな石のついた銀製のペーパーナイフも、ガラス細工のペントレイも、今はサビーネのものになっている。

「これは見つからずにすんでよかったけど……」

グレゴールがルディの部屋に乗り込んであれもこれもと没収していったとき、ルディは本当に大事なものはそっと隠しておいた。

ベッドの下から、革製の巾着袋を取り出すと、ルディはそれを開けて中身を出した。

巾着袋の中には、生前の父親から「いざというときに備えておきなさい」と渡されていた十枚ほどの金貨と、母親の形見の指輪、そして父親の形見の懐中時計。

「父様からいただいた懐中時計も母様の指輪も……見つかったらきっと取り上げられていたよね」

金の懐中時計は、十五歳の誕生祝いに父親からもらったものだ。

ルディの誕生日からまもなく父親が亡くなったこともあって、なにより大切にしているものである。だから、毎日きちんとネジを巻いて時計が狂わないようにするなど、手入れを欠かしたことはない。

とはいえ、ルディの持ち物といえば、この時計くらいなもので、他はなにもない。あとは貯めていた小遣いの銀貨と銅貨が少し。着替えといっても当て布とつぎをしているものくらいしかないが、ないよりはましか、と鞄《かばん》に入れた。それでも小さな鞄はいっぱいにならず、スカスカなままでルディは苦笑する。

荷造りを終えると、ルディは天井を仰いだ。

天窓から見える星空はいつもと変わらない。

ルディはベッドの上にごろりと横たわった。

「ここで見る星も最後か……」

毎晩空を眺めながら、明日はきっといいことがある、と自分を鼓舞してきたが、さすがに今夜はへこたれてしまいそうだ。

「あー、やめやめ。しょげていたら、幸運が逃げていっちゃう」

ルディはそう声を出す。

――ルディ、俯いてばっかりいたら、目の前にある幸運に気づかないわよ。

生前、母がそんなふうにルディに言っていた。

オメガであることを一時期とても悩んでいたときに、母がこの言葉をルディに向かってよく口にしていたのだ。

「いつかきっといいことがあるよね」

こんなことでもなければ、ルディ自身この屋敷から一歩も出ずに一生を終えただろう。きっとこれは自分の目で広い世界を見なさいということなのかもしれない。

「父様、母様、おやすみなさい」

明日から、自分一人の力で生きていかなければ。

ルディはそう自分に言い聞かせながら、そっと瞼《まぶた》を閉じた。


あくる日の朝、ルディはグレゴールの言うとおり、フラウミュラーの屋敷を後にした。

ルディが去った後、屋敷の門はぴったりと閉められて、けっして戻ってくるなといわんばかりに思える。

（本当に、これで……）

振り返って一瞬立ち止まる。

フラウミュラーの屋敷にはルディのすべてといっていいくらいの思い出が詰まっている。うれしい時間も悲しい時間もあの屋敷で過ごしてきた。

それに生まれてから今まで、門の外には一人で出たことがなかったから、これから先が不安でないといえば嘘になる。

けれどもう屋敷を出てしまったのだ。これからはどうにかするしかない。

(マリアたちに心配かけないように頑張らなくちゃ)

ルディの出立をマリアだけでなく、他の使用人も見送ってくれた。

今朝《けさ》早く、ルディが屋敷を出ると聞いたマリアは、今までに見たことがないくらい顔を青くし、そしてボロボロと涙をこぼした。

「寝耳に水ですよ！　坊ちゃん！」

そう責めるように言ったマリアにルディは「急に決まったことだから」と説明したが、出立の寸前まで納得していないようだった。

けれど、泣いてはルディを困らせてしまうと思ったのか、見送るときには涙を堪えていたけれども。

コックがこっそりパンやドライフルーツ、また焼き菓子を持たせてくれ、スカスカだった鞄があっという間にいっぱいになった。

「また絶対戻ってきてください」

そんなふうに声をかけられたが、それは叶わないことだとルディはわかっている。けれど、そう言ってくれる気持ちがうれしくて否定できず、ただ小さく笑っただけだった。

だが、後ろ髪を引かれる思いで遠ざかり、屋敷が見えなくなったところでルディは少しだけ泣いた。

「泣くのはこれでおしまい」

そう言いながらルディは袖口でぐいと涙を拭うと、前を向いて歩きはじめた。

オメガであり、多少は雑用をこなしていたとはいえ、これまでかごの鳥よろしく屋敷の中でしか生活していなかったルディは、辛く当たられるのは覚悟していた。

だが──。

II

昨日は屋敷を出てから日が暮れるまで、今日も朝早くから足を棒にして、住み込みで働けるところを探し回ったが、力もなく取り立てて特技もないようなルディに与えられる仕事はないと断られ続けた。

宿屋や食堂はオメガというだけで、けんもほろろに追い返され、力仕事はルディの華奢な身体を見ただけで門前払いである。

「簡単に見つかるわけがないと思ってたけど、こんなに厳しいなんて……」

試しに働かせてもらうこともできず、途方に暮れながらとぼとぼと歩いていた。

住むところも決まらず、また手持ちの金子も限りがある。

ゆうべは夕方から大雨になり、仕方なく宿屋に泊まったものの、食事なしの一番狭い部屋でさえ、銀貨三枚だ。屋敷のコックが持たせてくれたパンがありがたく、それで空腹をしのいだが、宿屋に泊まればそれだけで持ち金が消えていく。

「今日も宿……ってわけにはいかないな」

宿代を払うのと、食事とどちらかにしないと、この先仕事が見つかるまで金が保《も》たないかもしれない。となると、まずは食事を優先にしたほうがいいだろう。

幸い雨は上がっているし、暑くもなく寒くもないため野宿でも平気そうだ。

「雨よけになるようなところ……でもまだ地面は濡れているかな」

ゆうべの雨がひどかったせいで、まだ地面はところどころぬかるみがあった。

そろそろ日が暮れる時間だが、まだ明るいうちに、どこか野宿できそうな場所を探したほうがいいかもしれない。まだこの辺の地理には疎いし、暗くなるとよけいにわからなくなる。下手なところで寝転がって泥だらけになるのは避けたい。

「そうだ、公園！」

ハッとルディは思いついた。この街には広い公園があると聞いたことがある。ルディは行ったことはないが、きっと公園なら四阿《あずまや》もあるだろう。そうすれば夜露に濡れるのも避けられるかもしれない。

とはいえ、公園の場所などわからないルディは道行く老婦人に声をかけた。

「あの、すみません。この辺に公園ってありますか」

人の好さそうな老婦人はルディに「そこのパン屋さんがある角を右に曲がって少し歩くとあるわよ」と親切に教えてくれた。

「ありがとうございます」

「どういたしまして。でも、もう日が暮れるわ。こんな時間から公園なんて行かないほうがいいんじゃないかしら。なんでも最近あまり治安がよくないと聞いたわ」

心配そうな老婦人にルディは笑顔で「ご心配ありがとうございます」と返事をする。

彼女の心配も確かにもっともだが、背に腹はかえられない。

「大丈夫です。ちょっと用をすませてくるだけなので」

嘘をついた後ろめたさに少し胸は痛んだが、そんなふうにごまかすと、老婦人はいくらかホッとしたように「そう？　それじゃあ、気をつけて」とルディを送り出してくれた。

老婦人の言うとおり、パン屋の看板を横目に角を右に折れる。

そうしてまっすぐ歩いたが、老婦人は角を曲がって少し歩くとある、と言っていたのに公園らしきものは見えなかった。

「まだかな……うわっ」

きょろきょろとあたりを見回しながら歩いていたせいで、水たまりに足を踏み入れてしまった。幸い水たまりに水はさほどなかったせいでさして濡れることもなかったが、まだゆうべの雨の影響は残っているようだ。

気をつけなくちゃ、と思ったそのすぐ後のことだ。

ルディの横を豪華な馬車が通り過ぎていき、同時にバシャン、と水音がしたかと思うと馬車の車輪が大きな水たまりの汚泥を勢いよくはねた。

「わっ！」

泥水はルディの身体にかかり、服を盛大に濡らして汚す。

「……どうしよう」

ルディは己の姿の惨憺《さんたん》たる有様を見て、がっくりと肩を落とした。着替えようにも、替えの服は一着しかなく、また泥だらけのこの服をどこで洗おうかと考えるだけで頭が痛い。

やはり多少無理をしてでも宿に泊まったほうがよかっただろうか、と深く溜息をついた。

そのときだった。

ルディに泥水をはねた馬車が、少し先で止まり、二人の迫力のある美青年が降りてきた。

二人とも遠目に見ても、はっとするほどの美形である。

一人は黒髪が特徴の、とても背が高くしっかりした身体つきの端整な青年、もう一人は黒髪の青年よりはやや背が低いが、金髪でとても華やかな雰囲気を持った青年だ。

「きみ！」

一瞬誰のことを呼んでいるのかルディにはわからなかった。だが、今、この通りを歩いているのはルディしかおらず、美青年たちが呼んでいるのが自分であることを理解する。

「あっ、あの……僕のことでしょうか」

顔を上げて返事をすると、金髪のほうの青年が「そう、きみ」と早足で駆けてくる。もう一人の青年もゆっくりと後を追ってルディのほうへやってきた。

「大変申し訳ないことをしたね」

金髪の青年は心底申し訳ないという顔をしてルディへ謝罪する。

「え……？」

いきなり謝られてルディは困惑した。

すると金髪の青年はさっとハンカチを取り出して、ルディにかかった泥を拭おうとする。

「我々の馬車がとんでもないことを。大きな水たまりに気づかずにきみの服を汚してしまった。本当にすまない」

その言葉でようやくルディは、馬車がしでかしたことをわざわざルディに謝るために馬車を止めたのだとわかった。

馬車も豪華だが、この青年らの身なりも実に立派なものである。

これでも男爵家の生まれである。彼らが身につけているものの価値がどれほどのものかルディはわかるつもりだ。

フロックコートの仕立てのよさや、上質なシルクのタイ。ブローチはサファイアだろうか。ポケットからは金鎖が覗《のぞ》いている。また手にしているステッキには象牙《ぞうげ》の細工があしらわれていて、かなりの値打ちものだ。これだけでも彼らの身分は随分と高いのだろうということが推察できた。

「いっ、いえっ。あのっ、僕の服なんて……そのきれいなハンカチが汚れますから」

ルディはそう言って金髪の青年の手を止めようとする。

「そんなわけにはいかないな」

横から割って入るように、黒髪の青年が声をかけた。

「ああ、そうだよ。悪路だったとはいえ、こんなに汚してしまったのだからね。きみ、よければその服を弁償させてくれないか」

謝ってくれただけでも、十分だと思っているのに、その上弁償という言葉が出てきてルディは目を白黒とさせた。

「そんな……！　弁償していただくほどの服ではありません。僕は大丈夫ですから。その……お気持ちだけで十分です」

恐縮するルディに黒髪の青年は「いや、馬車の不始末は主人の不始末だ」と言いながら、ルディをじっと見る。

見つめられ、ルディはこの青年の鳶色《とびいろ》の瞳に吸い込まれそうになる。それほど彼はひどく魅力的な男だった。

「こんなにびしょ濡れにさせた挙げ句に泥だらけのままきみを帰すわけにもいかないだろう」

「本当に大丈夫ですから……ックシュ」

さすがにびしょ濡れのまま突っ立っていたせいか身体が冷えてきたらしい。くしゃみをしてしまう。

それを聞いた黒髪の青年が「強がりを言うものではないよ」とルディの手を取った。

「おいで。うちの屋敷がすぐそこにある。せめてうちで暖まって、服を乾かしてから帰りなさい。それならいいだろう？」

「でも……」

遠慮していると、金髪のほうの青年が「風邪《かぜ》をひくよりはいいでしょう。さあさあ、遠慮しないで乗った乗った」とルディを強引に馬車に乗せた。

馬車の内装にルディは目を瞠《みは》る。フラウミュラーの家の馬車よりも格段に豪華であり、乗っていても揺れをそれほど感じない。クッションがきいた座面はとても乗り心地がよく、おそらくフラウミュラーの家よりも格が随分と上なのかもしれないと感じた。

「改めて詫《わ》びを言うよ。申し訳なかったね」

　金髪の青年が言う。

「いえ……かえって僕のほうこそお気遣いいただいて……申し訳なかったです」

「いやいや。ゆうべの雨がひどかったとはいえ、通行人に注意を払えなかったのはこちらの落ち度だからね。ところで、きみの名前は？」

「ルディ……です」

　姓まで言おうかどうしようかと迷って、結局名前だけを告げた。もうフラウミュラーの家は追い出されたのだから、家名を名乗ることはできない。

「ルディくんか。いい名前だね」

「……ありがとうございます」

　そう返事をすると、金髪の青年は「しまった」と大きな声を上げた。

　ルディがきょとんとした顔をしていると、青年は天を仰いで大きな溜息をついた。

「まったく！　私ときたら！　なんてこった」

　そうしてルディに向き直る。

「きみの名前を先に尋ねてしまったが、こちらから名乗らず失礼したね。いやあ、今日の私たちはきみに失礼なことばかりしている。申し訳ない」

「あ……いえ……」

そんなことくらい、どうということもない。身分が下の者に自分からわざわざ名乗ることもないだろう。なのにきちんと謝ってくれるその真摯《しんし》な態度にルディは好感を持った。

「きみがとても可愛《かわい》いから、すっかり見惚《みと》れてしまって――」

軽快に面と向かって赤面するような台詞《せりふ》を金髪の青年が言いはじめると、隣に座っていた黒髪の青年が「おい」と金髪の青年を肘《ひじ》で小突いた。

「いいから、名乗るならさっさと名乗れ。失礼だと思うなら、すぐに名乗るのが礼儀だろうが」

はあ、と大きく溜息をついてそう言った後で、黒髪の青年はルディに向き直った。

「きみにはいろいろと迷惑をかけた。俺はラフェド・クラウゼという者だ。そしてこいつがシモン・フォン・ヘルフルト。はじめに名乗っておくべきだった。屋敷に戻る途中で馬車を急がせたせいできみには迷惑をかけた。許してくれるとありがたい」

「そんな……！　許すも許さないも、僕は本当に気にしていませんから」

「そうか。そう言ってもらえるとうれしいが」

ラフェドと名乗った黒髪の青年はルディへ微笑《ほほえ》みかけた。その笑顔がとてもきれいで、ルディは思わず見惚れてしまう。

ラフェドの隣にいるシモンもたいそう美しい青年だが、ルディはなぜかラフェドに目を奪われていた。

なんてきれいな人なんだろう。

ルディはそう思いながらラフェドを見、そして彼の名前を胸の中で繰り返した。

（ラフェド……ラフェド・クラウゼ……）

ラフェド・クラウゼ……そしてシモン・フォン・ヘルフルト——。

ルディはその名前を聞いて、どこかで聞いた名前だと思った。だが思い出せないままいるうちに、馬車が止まる。

「着いたようだな」

ラフェドが窓から外を覗く。

そういえばラフェドが「うちの屋敷がすぐそこにある」と言っていたが、走り出してから十分とかかっていない。本当に近い場所だったらしい。

門が開く音がして、その後いったん止まった馬車は再び走り出す。そこからさらに少し進む。馬車は屋敷の正面玄関につけられたようで、それ以上動くことはなかった。

「さあ、どうぞ」

まるでどこかのご令嬢のようにラフェドに手を取られて馬車を降りると、目の前に城のように大きな屋敷が現れた。

（すごい……フラウミュラーの家よりも大きい……）

このように大きな屋敷の主人ということは——とラフェド・クラウゼという名前をどこで聞いたのか不意に思い出して、ルディは目を大きく見開いた。

（そうだ……！　ラフェド・クラウゼ……あの有名な辺境伯と同じ名前……！）

辺境伯というのは、国の国境付近など、中央から離れて大きな権限を認められた地方を治める者である。国の重要な地域を任せられており、有事のときには率先して動くことになっている。また、支配している領土も広く、普通の伯爵よりも権限が大きい。

特にラフェドの領地であるディシトアは、非常に広い上、東側の複数の国と隣接しており、このエネリア王国で最も重要な地域である。その広大かつ重要な領地を国王から与えられているということが、この国における彼の地位の高さを物語っていた。

またラフェドが有名なのは単に辺境伯、ということだけではない。

ルディが知る限り、ラフェド・クラウゼという人物はあまりに強い魔力と情け容赦ない戦いぶりから、国内外問わず恐れられているらしいということだ。また、冷酷無比で気に入らない者を斬《き》って捨てるという噂《うわさ》もある。そんないわれから「エネリアの鬼神」と呼ばれているらしい。

（もしかして、この人が……？　でも……）

少々無愛想で、ぶっきらぼうではあるが、噂のように恐ろしい人物とは思えない。ルディのようにどこからどう見ても庶民の少年に、汚したからといって粗末な衣服を弁償したいと気を遣う人だ。また少し話しただけだが、けっしてとっつきにくいというわけでもない。

親切でやさしい、それがルディの正直な感想で、噂の辺境伯の人物像と目の前のラフェドとはまるでかけ離れていた。

ラフェドは辺境伯であるが、またルディの横にいるシモンも相当な人物であった。シモン・フォン・ヘルフルトといえば、王家に連なる家柄――すなわち侯爵であり、このエネリアの国軍を率いる将軍である。またその麗しい容姿から、社交界では押しも押されもしないトップスターとして有名だった。

（もしかして……僕……すごい人たちのお屋敷にやってきたんじゃ……）

にわかにルディの心臓が緊張でドキドキしてきた。

いくらルディの生家が男爵家とはいえ、辺境伯や侯爵とは天と地ほどの差がある。そんな人たちと今並んで歩いているなんて信じられない思いだった。

「お帰りなさいませ、旦那様」

執事とおぼしき老紳士がラフェドを出迎えていた。

「ハンス、悪いが、この子の着替えを用意して風呂《ふろ》に入れてやってくれ。うちの馬車が水たまりの泥水をはねてしまったせいで、ずぶ濡れになってしまったのだ。それから温かいものを用意してやりなさい」

ラフェドがハンスと呼んだ執事にそう命じるとハンスは「かしこまりました」と恭しく返事をする。

「ルディ、ハンスについていくといい。暖まったら一緒に茶を飲もう」

そう言ってラフェドはスタスタと奥へと行ってしまう。シモンも「ルディくん、また後でね」とウインクをルディへ投げて、ラフェドとともに行ってしまった。

残されたルディにハンスが「ルディ様」と声をかける。

「は、はい」

「こちらへどうぞ。浴室へご案内しましょう。それにしても、当家の馬車はなんとひどいことを。こんなに汚してしまって……ですが、きちんと洗濯いたしますのでご安心を」

ハンスの言葉にルディは驚いた。この口ぶりではこの服を洗濯してくれるらしい。いくらなんでも洗濯までしてもらうというのはこちらの気が引ける。

「あの、洗濯は大丈夫です。乾けば泥も落ちるでしょうし……」

ルディがそう言うと、ハンスは「とんでもないことでございます」と強く言う。

「汚れたままでお帰ししては、わたくしが旦那様に叱《しか》られます。責任を持ってきれいにいたしますから、どうぞご安心を」

にっこりと微笑まれて、ルディはそれ以上なにも言えなくなってしまった。

あまり頑《かたく》なに拒んでも、ハンスが言うとおり彼がラフェドに叱られてしまうだけだろう。そう思うと強く出ることはできない。

ハンスの案内で浴室に通されると、湯船には既に温かな湯が張られていた。もしかしたらこれはラフェドのためのものだったのかもしれない。

不安げにハンスを見ると、彼は小さく頷《うなず》いて「ご遠慮なさらず」とルディに勧める。

こうなってはもう言うとおりにしよう、とルディはありがたく湯を借りて、身体や髪にまで貼《は》りついた泥を落とすことにした。

いい匂いのする石鹼《せっけん》にルディはうっとりする。

こんな高級な石鹼を使ったのは、父親が亡くなってからはなかったことだった。グレゴールがやってきてからはなんでも倹約させられて、使用人たちは質の悪い石鹼しか使わせてもらえなかったのだから。

（ありがたく使わせてもらおう。……もしかしたらこれから当分お風呂なんか入れないかもしれないし……）

仕事と住まいが決まるまで水浴びもできるかどうか……。そう思うと好意に甘えておくほうがいいと考え、石鹼をたっぷりと泡立てて、ルディは身体の隅々まで洗った。

湯から上がると、ふかふかのタオルが置いてあり、またタオルの隣にはルディが着ていた服の代わりに別の服が置いてあった。

「僕の服……」

洗濯するとハンスが言っていたから、今頃は本当に洗濯されているのかもしれない。しかし、つぎがあたったズボンや衿《えり》や袖口がすり切れたシャツを洗わせるのも申し訳ないと思ってしまう。

用意してくれた着替えは上質なリネンのシャツとツイードのズボン、誰かの着古しではなく、新品のように思えた。

「こんな上等な服……本当にいいのかな」

とはいえ、この服を着なければ他に着る服がない。まさか裸のままここから出ていくわけにもいかず、ルディは仕方なく用意されたシャツとズボンを身につけた。

シャツもズボンもまるで誂《あつら》えたようにルディにぴったりで、とても着心地がいい。

着替えを終えたとたん、浴室の外で控えていたのか、ハンスが姿を現す。

「お召し物の寸法はいかがでございますか」

そう言いながらルディの着こなしを見る。

「ちょうどよくて……あまりにぴったりなので驚きました」

ルディのその言葉にハンスは満足したように微笑んだ。

「それはようございました。よくお似合いですよ」

「あ、ありがとうございます」

「さあ、旦那様がお待ちです。お茶の用意をしておりますので、こちらへどうぞ」

ハンスはルディを案内する。

長い廊下を歩きながら、ルディはきょろきょろとあたりを見回した。

(大きなお屋敷……やっぱりラフェド様はあの辺境伯なんだろうな。これだけの大きなお屋敷に住んでるんだもの)

この屋敷は大きく重厚感にあふれている。華美な装飾はないが、そこかしこに繊細な細工が施され、とても美しい。金や銀の輝きはあまりないが、ルディはこの屋敷の美しさに魅せられた。

「旦那様、ルディ様をお連れしました」

通された応接室では、ラフェドとシモンがソファーでくつろいでいた。

テーブルの上にはたくさんの菓子と果物がのっており、二人はティーカップを手に歓談している。

ハンスの言葉に二人は顔を振り向け、ルディを見る。

するとシモンが「ああ！」と大きな声を上げげた。

「なんて可愛らしいんだろうね。すっかり見違えたよ。なあ、ラフェド」

シモンはルディを褒めちぎり、さらにラフェドに同意を求めた。

「そうだな」

ラフェドも頷き、「きれいになってよかった」とにっこり微笑んだ。

「さあ、こっちへおいで。ここに座るといい。きみはチョコレートは好きかい？」

促されて、勧められた椅子《いす》に腰かける。そしてシモンがチョコレートを一粒手渡し、そ

れをルディは受け取った。

「あ……ありがとうございます。チョコレートは大好物です」

「そうか、それはよかった。じゃあ、どんどんお食べ。好きなだけ食べていいからね。足りなかったらもっと持ってこさせよう」

シモンがそう言ったところでラフェドが呆れたように「シモン」と声をかけた。

「おまえは忘れているようだが、ここは俺の屋敷なのだがね」

「わかってるって。しかし、おまえもルディくんには好きなだけ菓子を食べてもらいたいと思っているんだろう？」

にやりとシモンが笑う。

「まあ……それはそうだが。――こいつの言うとおり、遠慮しないで食べなさい」

やさしく微笑むラフェドにルディははにかみながら「ありがとうございます」と礼を言った。

シモンから手渡されたチョコレートの粒をルディは口の中に入れた。

そのとたん、独特の甘い香りが口の中で踊り出す。ほろ苦いのに舌の上で甘く蕩《とろ》けるその魔法のような菓子はルディをとても幸せにした。

（おいしい……）

チョコレートなど、もう何年も食べていない。父親が亡くなってから、それまで当たり前に食べていたものをまったく口にすることができなくなった。そして食べられないのが当たり前になって、チョコレートの味などすっかり忘れていたのだから。

(父様は僕が落ち込んでいると、よくチョコレートを食べさせてくれたっけ)

ルディの好物で元気づけようと、そんなやさしい父親が大好きだった。

あまりの懐かしい味に、目頭が熱くなる。思わず涙ぐみそうになるのをルディはぐっと堪えた。

そんなルディの様子がおかしいことに気づいたシモンが「気に入らなかったのかな?」と心配そうに聞く。

しまった、とルディは慌てる。

「ち、違うんです。すごくおいしくて……気に入らなかったわけじゃなくて、その……チョコレートを食べたら亡くなった父を思い出してしまって」

ルディの言い訳を聞いたシモンは同情するような顔をする。

「お父上を?」

「はい……僕の元気のないときにはよくチョコレートをくれて……久しぶりにチョコレートをいただいたので、つい父のことを思い出したんです。ご心配をおかけしてすみません」

「そうだったのか。いいお父上だったんだね」

シモンとラフェドの二人はルディにそう言葉をかけた。

「はい……とても」

「お父上の代わりにはなれないが、好きなだけ食べるといい」

ラフェドが微笑みながらどうぞ、とチョコレートの入った器をルディの前に置く。

チョコレートだけでなく他の菓子やサンドウイッチ、そして温かいお茶を振る舞ってもらい、ルディは思いがけない幸運に感謝する。

「こんなによくしていただいて、なんとお礼を言っていいのか」

「なにを言う。元はといえば、こちらの不手際だからな。きみにすべき当然のことをしているまでだ」

ラフェドの口調はあくまで穏やかで、噂のように冷酷無比というのがルディには信じられなかった。

「あ、あの……ラフェド様って、もしかして辺境伯のラフェド・クラウゼ様でしょうか」

「いかにも。俺の名を知っているのか」

逆に聞かれて、ルディはどう答えようかと迷う。

するとシモンが横からあはは、と高笑いした。

「そりゃあ、おまえさんは有名だろうよ。ルディくんが知っていてもなにもおかしくはないさ」

「ラフェド様が辺境伯であらせられるなら、シモン様も侯爵様でいらっしゃいますよね。エネリア軍を率いる、ヘルフルト侯爵様……ですよね？」

ルディの言葉に「おやおや」とシモンは目を見開いた。

「これは驚いた。ルディくんは私のことも知っていたのかい」

「お二人とも、エネリアの英雄ですから」

「英雄なんてなんだかこそばゆいねえ。まあ、私は代々家がお役目を引き受けているに過ぎないけれどね。でもラフェドは私とは違うよ。なあ、エネリアの鬼神殿」

「シモン、その呼び名はやめてくれ」

はあ、とラフェドがいかにも嫌そうに溜息をついた。

「仕方ないだろう？　一個連隊をあっという間に潰した男がなにを言う。冷酷無比な辺境伯ラフェド・クラウゼとはおまえのことだろうが。夜襲をかけてきた敵国の軍隊を完膚なきまでに打ちのめし、報復もできないほどボロボロにしたのを忘れたとは言わせんぞ」

「それはそうだが……。しかしあれは同盟を反故《ほご》にし、反旗を翻した国相手のことだ。あそこで中途半端な真似をすればかえって我が国への脅威になりかねなかった。しかし、あの戦いのせいで俺が鬼のような男のように言われているのはまったくもって解せない」

「気に入らない者は斬って捨てる、っていう噂もあることだしな」

それを聞いたラフェドは渋面を作っていたが、シモンのほうはなんだか楽しそうに話している。ニヤニヤしながらラフェドにそう聞くと、ラフェドは仏頂面で「ああ」と嫌そうに返事をした。

「まあ、だいたい誇張はあるが、そんなもんだろうが。斬りはしてないけど、脅して牢《ろう》にぶちこんで再起不能にはしただろう？」

「再起不能とは人聞きの悪い。公金を使い込んで、遊興三昧に耽《ふけ》っていた枢機卿だぞ。牢に入れるなど当たり前のことではないか。……多少は強引なやり方をしたが、あんなのをのさばらせておいてはろくなことにならん」

憤慨気味にラフェドが答えるのを聞きながら、ルディは噂の真相をようやく知った。

叔父のグレゴールのように自分の気分だけで懲罰を与えたりするわけでなく、彼は理不尽に暴力を振るう人ではないのだろう。それどころかただすときにのみ、その罪に応じた必要十分な制裁を与える、それが彼の姿だ。

（そうだったんだ……）

不正を許さぬ潔癖な人物なのだとルディは感じた。

実際こうして接して感じた彼と、噂との間の違和感の理由がよくわかる。身分の低い者にさえ、自分の非を詫びる姿勢にルディは感激した。

（噂なんてあてにならない）

自分の目で見たものがすべてだ。ルディはこれからも自分で見たもの以外のことは信じるまい、と心に決めた。

「――ということだ、ルディくん。この男はとても真面目《まじめ》でね、おまけに悪いことを見過ごしておけないタイプなものだから、敵も多い。そのせいでよからぬ噂が一人歩きしているが、悪い男ではないよ」

ルディにウインクを寄越しながら、シモンはそう言った。

「はい……それはとてもよくわかります。でなければ、僕のような者にここまでしてくださるはずもなかったでしょうから。――あ、では辺境伯であらせられるなら、このお屋敷は……？」

辺境伯というからには、ラフェドの本邸はここではなく、国境近くにある彼の領地にあるはずだ。しかし彼は先ほどこの屋敷を自分のものだと言っていた。

「ここは別邸だ。夜会のシーズンだけ、ここにやってきている」

いささか無愛想ともとれる口調だが、このぶっきらぼうさはけっして不愉快に思っているわけではないのをもうルディも知っている。

「こいつは腰が重くてね、ようやくこっちにやってきたんだ。あちこちから呼ばれているくせに、東の国境から動きたくないなんて言いやがる。引っ張り出す私がひとり苦労しているわけさ」

シモンが冗談交じりに言うが、その間ラフェドときたらむっつりとしたままだ。

「俺は騒がしいところが苦手だと言っているだろうが」

「国王陛下の招聘《しょうへい》に与《あずか》っているくせに田舎から出てこないとか、そっちのほうがあり得ないだろうが。こんな屋敷まであるくせに。もっと頻繁に都に出てきてほしいと、ほうぼうから言われる身にもなってくれ。まったく、こんな無愛想なくせに界隈《かいわい》で人気だけはあるときた」

「なにを言うか。社交界のアイドル、シモン・フォン・ヘルフルト様に言われたくないぞ、俺は」

二人の掛け合いが面白く、ルディはクスクスと笑う。

それにしてもこんな大きな屋敷が別邸なんて、とルディは目を丸くする。これが別邸なら本邸はどれほどのものなのか。いずれにしてもかなりの財力を持つ――すなわち、それだけ大きな功績を上げているということだ。

そして夜会と聞いて、ルディはハッとした。

目の前のこの二人は社交界の花形だ。赴かないとなると、社交界は大騒ぎだろう。ルディは持っていた懐中時計を取り出し時間を見た。

（うわ……どうしよう。こんな時間じゃあ、公園に戻って寝床を確保……なんて無理だよね）

また今夜も宿を探して泊まることになりそうだ。それはともかく、ルディのことよりもラフェドとシモンのことが先である。彼らは自分がここにいるから夜会にも行けなくなっているに違いない。親切に甘えて長時間居座ってしまったが、早くここを出なければとルディは口を開いた。

「夜会には今夜も赴かれるのでしょう？　それなら僕はそろそろおいとましないと。お二人がいらっしゃらないと、きっと皆様ががっかりなさるでしょうから。……長々とお邪魔してしまい、申し訳ありません」

そう言って頭を下げ、席を立った。

「気にすることはないよ。僕らも楽しかったしね。夜会なんて、退屈なばかりだから」

ルディは席を立つなり、今着ているものが自分のものではないことを思い出した。

「それで、その……僕の服を……。さすがにお借りしたこの服を着て帰るわけにはいきませんし」

肌触りのいいこのシャツも、洒落たツイードのズボンも洗濯物が乾くまでの間に借りたものに過ぎない。

するとラフェドは「ハンス」と執事を呼んだ。

「はい、旦那様」

「ルディの服は？」

「こちらでございます。どうぞ、ルディ様」

そう言いながら、ハンスはルディに服を手渡した。服はあれだけ泥まみれだったのに、すっかりきれいになっていたようだったし、また火のしが当てられて、皺《しわ》の一本もなく見える。

「ルディ、今きみが着ている服はそのまま着ていくといい」

「でも……」

ルディはそれ以上言葉を続けられなくなった。

正直なところ、ラフェドの申し出はうれしい。火のしまで当ててくれた服はつぎが当てられていたりすり切れていたりで、ろくな着替えも持っていないルディにとっては喉《のど》から手が出るほどありがたい話だ。しかし至れり尽くせりだった上に服までとは厚かましいのではと思ってしまう。とはいえ、断っては好意を無下にしてしまうのでは、という思いもある。

言葉をなくしたルディにラフェドはこう言った。

「その服は俺が昔着ていたものだ。古着で悪いがよければもらってほしい」

おそらくルディが悩んでいたことを彼は察したらしい。ルディの罪悪感を減らすような言葉をかけてくれた。

「ハンスがいつまでも取っておくのだが、俺はもう子どもではないのだしな。邪魔なだけだろうといくら言っても、きかなくて困る。処分を手伝ってくれるとありがたいのだがな。なあ、ハンス」

ラフェドがハンスへ向かってそう言うと、ハンスはにっこりと笑った。

「そうでございますね。一度着たきりでしたから捨てるのはもったいないと思っていたところでした。幸いルディ様に寸法もぴったりですし、そのまま着ていただけると、わたくしどもも助かります」

ラフェドとハンスの心づくしにルディは感激する。

「……ありがとうございます。大事に着ます」

ルディが礼を言うと、ラフェドとハンス、それからシモンも満足そうな顔をした。

「では、僕は……」

ルディが言いかけると、ラフェドが「それなら」と口を開く。

「こんな時間だ。外も暗い。きみの家まで送っていこう。家はどこだ？」

そう聞かれてルディは答えに窮した。

「大丈夫です。ひとりで帰れます」

ルディが断ると、今度はシモンが口を出した。

「そんなわけにはいかないね。フラウミュラー男爵家のご子息をひとりで帰したとあっては、私たちが困る」

それを聞いてルディは目を大きく見開いた。

なぜ彼はルディがフラウミュラーの家の者だとわかったのか。ルディはけっして姓を口にはしていない。名前もルディだけでは、フラウミュラーの者だとわからないはずだ。

「え……どうして」

思わず口にすると、シモンがにっこりと笑った。

「きみの着ていたシャツのボタンだよ。そのボタンにフラウミュラーの紋章が刻んであるでしょう。それにきみが持っている時計も実にいいものだ」

シモンが洗濯したシャツのボタンを指さし、ルディはハッとした。

「あ……」

普段まったく気にしたことはなかったが、ルディのシャツのボタンにはシモンの言うとおり、フラウミュラーの紋章が刻まれている。いつも着ていたものだからそこを気に留めることはなかった。

「そういえば、フラウミュラー男爵にはご子息がひとりいると聞いたことがある。男爵がほとんど外には出さなかったくらい、とてもきれいな子らしいが……きみも非常にきれいな顔をしている。ということは、それがきみなのかな？」

「僕の顔がきれいかどうかはわかりませんが……そうです」

ルディはシモンへ返事をしながら、自分の身元を知られた以上は早くここを出なければと思った。

「いやいや、たいそう魅力的だよ。――だが、ひとりであんな場所をうろついていたなんて。あの先の公園は近頃はごろつきがうろついているという噂でね。なにか用事でもあったのかな？」

「いえ……そういうわけでは……あの、僕はそろそろ」

ごまかすようにそう切り出すと「では、フラウミュラー家までお送りしよう」とラフェドが口を開いた。だがその申し出をルディは首を横に振って断る。

「……いえ、必要ありません」

「必要ない？　なぜ」

「僕は……もう、あの家に帰ることができないんです」

ルディの言葉にラフェドとシモンは顔を見合わせた。

「いや……しかし……では連絡だけでも」

シモンはそう言いかけたが、ルディは「やめてください」と遮る。

「なぜ？」

「そんなことをしても……僕は……あの家を……」

追い出された、という言葉を口にできなかった。それはフラウミュラーの恥だからか、それとも自分の矜持《きょうじ》からくるものだったか。

出ていけと言われた惨めさを認めたくなかったからかもしれない。

言葉の代わりとばかりに、ルディの目から涙がこぼれ落ちた。

「――すみません、みっともないところを見せて。僕はこれで失礼します」

ルディがそう言って立ち上がろうとすると、ラフェドが手を引いて「待ちなさい」とそれを止めた。

「そんな顔を見たら、はい、そうですか、というわけにはいかないだろう。家に帰れないと言ったね。だったら、どこに行くつもりなんだ？」

ルディは顔を俯ける。ラフェドに泣き顔を見られたくなかった。

「……………」

「まさか野宿をするつもりではないだろうね。あの公園にでも泊まるつもりだったか？」

黙りこくったルディにラフェドは再度問いかける。

だが、ルディは頷くことも首を横に振ることもできなかった。

頷けば野宿するということが彼らにわかってしまう。そうしたらきっと止められてしまうだろう。かといって、宿に泊まるのも節約のために控えたい。どうやって答えたらいいだろう、とルディは悩んだ。

「どうやら図星らしいな。泊まるあてもないのに家を出たのか？」

ラフェドは俯いたまま口を開かないルディにそう尋ねた。

すると横からシモンが割って入る。

「家に帰れないのにはなにかわけがあるんだろう？　よかったら話してごらん？」

そう言われても知り合ったばかりの、それも身分の高い彼らに自分の些細《ささい》な事情を話すのは気が引けた。

口を閉ざすルディにシモンも困った様子でいる。そのときだった。

「きみがオメガだからか？」

ラフェドがルディに向かって投げつけた言葉にルディは目を大きく見開いた。

「え……どうして……」

いきなりオメガだと言い当てられたルディは、ハッと顔を上げてラフェドを見る。

シモンはきょとんとした表情をして、「そうなのかい？」とラフェドとルディの顔を交互に見回していた。

「シモンにわからないとなると、まだ発情期を迎えていないオメガなのだろう。しかし微かではあるがオメガのフェロモンをきみから感じ取れる。そうなんだろう？」

ルディは小さく頷いた。

そして、そこまでわかってしまうのか、とラフェドの感覚の鋭さに驚く。

一流の武人である彼はきっと様々な気配に敏感に違いない。だとすれば、ルディのオメガ特有の匂いを感じてもおかしくなかった。

ルディはオメガではあるが、彼の言うとおり、まだ発情期というものを迎えていない。多くのオメガはだいたい十五～六くらいにははじめての発情期を迎えるものだが、ルディはまだだった。十八にもなって、と思うがこのおかげで発情期の不調を知らずにすんでいるのはよかったとも思える。

いっそこのまま発情期など来なければ、働き口もあるかもしれないのに。

「オメガだったら、なおのこと家に帰るべきではないのか？　それとも公園に野宿してごろつきどもに身ぐるみ剝《は》がされたいのか。身ぐるみ剝がされるだけならまだいいだろう。きみがオメガだとわかればもっと恐ろしい目に遭うことを考えなかったのか」

「………」

脅すようにラフェドは言う。それを聞いて、ルディは自分の考えが甘かったことに気づいた。ルディ自身、そこまで言われなければわからなかっただろう。

すべて彼の言うとおりだ。

けれどどうしていいのかわからない。

ルディにはなにも言うことができなかった。

「ふむ……困ったね。家には帰れないというし、オメガの子をひとり野宿させるわけにもいかないし」

切り出すようなシモンの言葉にラフェドは頷いた。

「なにかわけがあるのならきちんと言うといい。男爵家の子息であるきみの服にツギが当たっていたり、野宿を考えたり……というのは、やはりおかしいだろう。見たところまだ家を出てきて間もないはずだ。なにしろ、我々はきみの服を泥まみれにしたが、それ以外はさして汚れてもいなかったからな。おそらく野宿すらまともにしたことがないのだろう？　単なる家出とは違うようだが」

つっけんどんな物言いのラフェドに「まあまあ、そう責めるような口をきくな」とシモンが横から口を挟んでくる。

「あのね、けっしてきみを追い詰めるつもりはないんだ。何度も言うが、事情があるなら話すといい。こうして出会ったのもなにかの縁だ。私たちで力になれることもあるかもしれない。ね？」

「ごめんなさい……理由は聞かないでください。もう、野宿は考えませんから」

ルディはぺこりと頭を下げた。

「ルディくん……わかったよ。もう聞かない。だが、行くあてはあるのかい？」

「大丈夫です。今日は宿に泊まりますし、明日また仕事を探します。住み込みで雇ってくれるところ……ちゃんと探しますから」

彼らを安心させるように笑顔を作ってそう告げると、ラフェドの大きな溜息が聞こえた。

「無理に笑うな」

それを聞いてどきりとした。無理やり作った笑顔を見透かされ、ルディはしゅんとしょげる。

そこにシモンが「こら、おまえはまた！　ルディくんを怖がらせるな」とラフェドを叱る。そしてすぐさまルディのほうへ振り向いた。

「ごめんね。これでもきみを気遣っているつもりなんだよ――あ！」

ルディに謝っている途中で、シモンはいきなり大きな声を上げた。

「そうだ！　それがいい！」

なにかを思いついたかのようにシモンが突然笑顔になった。まるで子どもがいたずらをするときのような、なにかちょっと企《たくら》んだ顔になる。

ラフェドはそんなシモンを怪訝《けげん》そうな顔で見た。そのとき――。

「なあラフェド、きみのところでルディくんを雇ってやるといい。ちょうど人手が足りないと言っていただろう？」

思いも寄らなかったシモンの一言に、ラフェドは驚いた様子だった。

「シモン！」

思わずといったようにラフェドは声を出したが、シモンはそれに構わずルディに微笑みかける。

「ルディくん、実はね、この屋敷は人が足りていないんだよ。なんといってもこーんなこわーい鬼神様がご主人様のお屋敷だからねえ。噂が噂を呼んでなかなか人が集まらない。なにしろここで働けばいつ主人の怒りに触れて斬られてしまうのでは、とたいそう怖がって寄りつかないんだよ……そこでだ」

じっ、とシモンがルディの顔を見た。

「この屋敷の使用人としてここで働けばいい。もちろん住み込みだ」

そうしてにっこりと笑う。するとラフェドが「シモン！」とひときわ大きな声を出した。

「勝手に話を進めるな！」

「そんなに眉間《みけん》に皺を寄せるな。だから怖いと言われるのだよ」

「茶化すな」

「茶化してなんかないさ。いい考えだと思わないかね？　おまえのところの人手不足を解消し、ルディくんも住み込みの職を得る。ここは無駄に広いし、執事のハンスは有能とはいえ、年齢も年齢だ。一人でも人は多いにこしたことはないだろう？　それにたとえルディくんが発情期を迎えても、使用人は皆ベータだったはずだし、アルファはおまえしかいない。そしておまえはオメガのフェロモンに抗《あらが》えるだけの理性を持っているときた。これでめでたしめでたしじゃないか」

ははは、と得意げに笑うシモンを前にラフェドは頭を抱えていた。

ルディはというと、シモンの提案が自分の想像の範疇《はんちゅう》を超えていたせいで、おろおろと狼狽《うろた》えた。

「あっ、あの……、そんな……」

「いいのいいの。ルディくんは心配しないで。いやあ、我ながらいい考えだ。これなら男爵家のご子息を路頭に迷わせずにすむ。オメガであるきみが不安に感じることも、ラフェドなら大丈夫だ。なんといってもどんな美女が現れてもこの男は心を動かされることがなかったのだからね。私が感じることができないくらいきみのフェロモンは少ないのだし、まったく問題ないよ」

すっかり上天気のシモンをよそにラフェドは腕を組んで黙りこくっていた。

「まったく勝手なことを」

ようやく口を開いたと思ったら、ラフェドは不機嫌そうな声を出す。

「そんな口をきいたところで、きみが意外とお人好しで割に情が深いということを私はとっくに知っているからね」

ははは、とシモンが軽やかに笑う。

「そうですね、旦那様はとても愛情深いお方ですから。昔、屋敷に迷い込んできた犬や猫を大事にお世話もしておりましたし」

ハンスがお茶のお代わりを淹《い》れながらシモンに相槌《あいづち》を打つ。

「ハンスまで……俺をなんだと思っているんだ」

ラフェドはますます不機嫌そうな声を出して渋面を作る。

シモンが言い出したこととはいえ、ラフェドの気分を害してしまったのでは、とルディは不安になった。

(やっぱり無理だよ……いくらラフェド様がいい人でも、僕なんかを雇うなんて……)

エネリアの鬼神は噂どおりではなく、とてもよい人だとはわかったが、それでもこんなふうに勝手なことを言っては怒りもするだろう。

ルディがおそるおそるラフェドへ目をやると、彼はパッと目を開けて口を開いた。

「……………わかった」

ふう、と大きな息をつきながら彼はそう言い、ルディをじろりと見る。

(わっ……！　な、なに言われるんだろう……)

ルディはその視線に射竦《いすく》められ、身体を固まらせた。

いったい、彼のあの口からどんな言葉が飛び出すのだろうと、なにを言われてもいいように心の中で覚悟を決めたときだった。

「ルディ、今日からきみはうちの使用人として雇い入れよう。だが、うちで働く以上はきみを男爵家の者とは扱わない。それでいいか」

しぶしぶ、といった口調ではあったが、表情は小さく微笑みを浮かべている。

思ってもみなかった言葉が耳に届いて、ルディは思わず目を瞬《しばたた》かせた。

（本当に……？）

使用人として雇い入れる——たった今耳にした言葉がにわかには信じられず、ルディは茫然《ぼうぜん》とするばかりである。

「よかったな！　ルディくん！」

いつの間にかルディの側《そば》にやってきたシモンにポンポンと肩を叩《たた》かれる。

「え……？」

いまだなにを言われたのか実感できていないルディにシモンは苦笑した。

「まったくなんて顔をしているんだい。もうきみは家に帰らずにすむし、寝床のことも考えなくてすむ。ただし、他の使用人同様、真面目にさぼらずきちんと働けば、の話だがね」

言いながらシモンはルディへウインクした。

なるほど、こんなふうに明るく人の心を摑《つか》むことに長《た》けているから、彼は社交界での人気者なのだ、と妙なところでルディは納得する。

しかしそれよりも働き口が見つかったことと、なにより人となりがわかっているラフェドの屋敷で働けることがうれしくてたまらない。追い出されたときには絶望のどん底ではあったが、こんな幸運がやってくるなんて。

「絶対……絶対にさぼりませんし、真面目に働きます……！　ありがとうございます。ありがとうございます、ラフェド様……！　そしてシモン様……！」

ルディは目を輝かせ二人に礼を言う。

「仕事は明日からだ。あとはハンスに聞くといい」

「はい！　一生懸命頑張ります」

うれしくてたまらないといった様子のルディをラフェドとシモンは温かく見つめていた。

Ⅲ

早朝は小鳥の声が賑《にぎ》やかだ。

軽やかな鳥のさえずりを聞きながら、ルディは廊下の窓を丁寧に拭いていく。窓拭きが終わったら朝食の時間で、その後は庭師の手伝いだ。

はあ、と窓ガラスに息を吹きかけて、乾いた布でキュッキュッと音が鳴るまで磨く。

ルディがクラウゼ邸にやってきてから半月が経った。

「ルディ、終わりましたか」

執事のハンスがルディに声をかける。

ハンスは甘やかすことはなく、厳しいところはあるが、基本的にやさしい人だ。ルディを他の使用人とわけへだてなく接してくれる。

「あと一枚拭き終えたらおしまいです」

「ふむ……」

そう言ってハンスはルディが拭いた窓をじっと見る。

「よいでしょう。今日もきれいに磨けています。ルディは手抜きをしないので、私も安心ですよ。――それが終わったら朝食をとっていらっしゃい」

「はい！」

ルディが返事をすると、ハンスは小さく微笑んで踵を返した。

シモンが有能と言っていたとおり、この屋敷のすべてはハンスの采配《さいはい》で成り立っている。

雇われてから驚いたことだが、この屋敷の使用人は多くはない。ただ、ハンス同様皆有能で、それにとてもいい人たちばかりである。

けっしてルディをオメガだからといって色眼鏡《いろめがね》で見ることもなく、親切にしてくれていた。

「さ、あと一息。がんばろ」

自分に気合いを入れて、ルディは最後の一枚を拭き終える。

仕事は人が少ない分、確かに忙しいが、それだけに自分が必要とされているような気がしてうれしくなる。

フラウミュラーの家にいたときのようにグレゴール一家に虐げられることも、嫌な言葉を投げつけられることもなく、安心して過ごすことができていた。

「ルディ」

窓拭きの仕事を終え、朝食をとろうと厨房に向かおうとしたときだ。

背後から声をかけられて、ルディは振り向く。

「ラフェド様……！　おはようございます」

ルディはぺこりと頭を下げる。

ラフェドとははじめて出会ったあの日以来、あまり話すことはなかった。というのも、彼がとても忙しくしていて、この屋敷には単に寝るだけに帰ってきているようなものだったからだ。

「どうだ、仕事は慣れたか」

相変わらず無愛想な顔をしているが、言葉はやさしい。それに――。

（やっぱりすごく美しい人だ……）

漆黒の髪も、鳶色の瞳も、つい見惚れてしまう。美丈夫とはまさに彼のためにある言葉だとルディは思う。はじめて会ったときからルディは彼に惹かれるものを感じていた。

（シモン様もすごくかっこいいけど、でも……）

憧《あこが》れるのはやはりラフェドだ、とルディは思う。

「はい、おかげさまで。皆さんにすごくよくしていただいて……毎日楽しく働かせてもらっています」

とびっきりの笑顔を作ってルディは答える。

これは本心からの言葉だ。メイドやコック、その他の使用人たちに可愛がってもらい、その上お腹いっぱいご飯を食べさせてもらえている。

「そうか。それはよかった。――ふむ。前よりずっと顔の色もよくなったな。食べ盛りだろう？　食事も足りなければコックに言いなさい」

「そんな……！　毎日、たくさんいただいていますから足りないなんてことありません。それに皆さんいつも『あれ食べなさい』『これ食べなさい』って、僕にくださるから、おかげでここに来てから目方も増えたくらいなんです。このままだと、お腹がはち切れてしまうかも」

そう言うとラフェドはおかしそうに、クックッと笑う。

（ラフェド様、笑ってる。こんなふうに笑うこともあるんだ……）

珍しいラフェドの笑顔を目にしてルディはとてもうれしくなった。

「腹がはち切れてしまっては大変だな。しかし、きみがそんなふうに明るい顔でいるのはいい。ハンスも筋がいいと褒めていた。これからも頑張りなさい」

「は……はいっ！」

気遣う言葉をかけられて、ルディの胸がじんと熱くなった。

「ああ、そうだ。今朝は食事をサンルームで取りたい。ハンスにそう伝えておいてくれないか。それから、お茶を先に持ってきてくれ」

ラフェドの言いつけにルディは「かしこまりました」と答える。

「頼んだよ」

そう言って、ラフェドは微笑みながらルディの肩を小さく叩くとサンルームへと向かっていく。

その後ろ姿をルディはほんの少し見つめ、そしてハンスのもとへと駆けだした。


お茶はきみが持っていきなさい、ハンスにそう言われてルディはお茶の用意をしてサンルームへ向かった。

サンルームは応接室の続き間になるのだが、その扉の先にルディは入ったことがない。

サンルームに入るのははじめてだ、とルディは幾分緊張しながらドアをノックした。

どうぞ、と声がしルディはドアのノブを回す。

「失礼いたします」

そう言ってルディはサンルームの中に入る。

一歩足を踏み入れた瞬間、ルディは目を大きく見開いた。

というのも、一面緑でいっぱいだったからだ。まるでここがどこかの森か公園かと思う

ほど様々な植物がルディの目に入ってきた。

ルディの住んでいたフラウミュラーの家にもサンルームはあったが、オリーブなどいくつかの木の鉢植えがあっただけで、これほど植物に圧倒される場所ではなかった。

（いい香り……）

緑の匂いを鼻腔《びこう》に感じ、どこか落ち着くような心地になっていると、

「ルディ、こっちだ」

そう声をかけられて、ルディはハッと我に返った。今の今までどうやらぼうっと立ち尽くしていたらしい。

「は、はいっ！　すみません！」

声のほうへ顔を振り向けると、たくさんの植物に囲まれた中にテーブルが置かれており、ゆったりした肘かけ付きの椅子にラフェドが腰かけていた。

「大変失礼しました」

申し訳ないとばかりに謝るルディにラフェドは「気にするな」とやさしく微笑みかけた。

「ここに入ったのははじめてか」

「はい」

丁寧にお茶を淹れながら、ルディは答える。

「なるほどな。では驚いただろう？　こんなに草だの木だのがあって」

クスクスとラフェドは笑った。

「はい……びっくりしました。公園かと……」

「ははは、公園か。確かにそうだな」

ルディの淹れたお茶を口にしたラフェドは「うん、うまい」と褒める。それを聞いたルディはホッとすると同時にうれしくなる。

昔、父親が生きていたときは、父に茶を淹れる役目はルディだった。だから、少しは自信もあったのだが、やはりラフェドに淹れるのは緊張したのだ。

「あの……どうしてここはこんなにたくさんの植物が」

「不思議に思うか？」

はい、と返事をしていいものかどうかと迷っていると、ラフェドはくすりと笑った。

「そう緊張しなくていい。正直に答えて俺の機嫌を損ねたらなどと考えているのだろうが、そんなことくらいできみを解雇することはないぞ。そのくらいの度量はあるつもりだ」

「……すみません」

「謝るな。なにも悪いことはしていないのだからな。まあ、普通は不思議に思うだろうな。ここに通した人間がだいたいきみのような反応をする。俺が好んでこうしているんだが……やはり都というのが俺には性に合わなくてな。俺の本来の住まいであるディシトアは美しい景色が自慢でね。夏の緑がそれはそれは眩《まぶ》しいくらいに輝いている。だからこう……四方八方を石で囲まれている場所にいると気が滅入ってきてな……それでここに緑を集めまくったというわけだ」

お茶のお代わりを、とラフェドが言いつけ、ルディはカップに茶を注いだ。

「そうでしたか。ラフェド様がそれほど美しい景色とおっしゃるなら、僕も一度見てみたいです」

「ディシトアはいいぞ。そのうちきみにも見せてやろう」

ラフェドは珍しく饒舌《じょうぜつ》だった。

ルディは生まれも育ちもこの都であるし、ましてや追い出されるまではほとんど家の外には出たことがなかったから、そういう感覚はピンとはこなかったが、懐かしいものに囲まれたいという思いは理解できる、と思った。

それにしても、眩しいくらいに輝く緑、というのがどんなものなのかとても気になってしまった。

　昔、幼い頃、両親が揃っていたときに一度だけ旅行というものに行ったことがある。燃えるような赤い木々の葉を見た記憶があるから、あれは秋だったのだろう。落ち葉をたくさん拾って、母親にプレゼントした――そんな思い出があるが、あのときの美しい赤い色はいまだに脳裏に焼きついている。ラフェドも同じように美しい景色に囲まれていたのだとしたら、確かにこの都での無機質なものに囲まれた生活は彼にとって気が滅入るのも仕方ない。

「俺にはこの部屋が一番落ち着くのだ」

　そう言ったラフェドは本当にリラックスした様子でルディの茶を飲んでいるので、そのとおりなのだろう。

「……ラフェド様にとって、このお部屋は故郷と同じなのですね」

「そうだな。恥ずかしい話だが、ときに無性に帰りたくなる。――ルディ、きみはどうだ？　家に帰りたくはないのか。あのとき帰れないときみは言ったが、帰りたくないとは一言も言わなかった。どうなんだ？」

　いきなり尋ねられて、ルディは返答に窮した。けれど、今度はきちんと答えなければと思う。なにも聞かずにこんなによくしてくれるラフェドに、いつまでも隠しておくのはよくないと考えた。

「……帰りたくない、と言ったら嘘になりますから。……僕はあの家を出されてしまったので……帰るわけにはいかないんです」

ようやく口にした言葉にラフェドは「そうか」とやや素っ気なく一言返す。

その物言いにルディはどこかがっかりしたものを感じてしまった。と同時に自分の傲慢《ごうまん》さが恥ずかしくなる。

というのも、彼の口調は常日頃からこういうものだとわかっていたが、自分の中でどこかでやさしくしてほしい、という自分勝手さがあったらしい。

（僕はなんて身勝手なんだろう。ラフェド様には僕の身の上なんかまったく関係ないのに、勝手にやさしい言葉を期待して、それを言ってもらえなかったからといってがっかりして）

「すみません。……僕はこれで……」

失礼します、と踵を返そうとしたとき、ラフェドが口を開いた。

「出された、というのは、追い出されたという認識でよいのか」

「……はい。そのとおりです」

ルディの答えにラフェドは「それはおかしいだろう」と溜息をつきながら呟《つぶや》くように言い、そして続けた。

「仮にも男爵家の嫡子が追い出されるなど、きみの家はいったいどうなっているんだ」

呆れたような、憤っているような、そんな感情を滲ませた声だった。

「それは僕が至らないせいなので……。僕はご存じのとおりオメガですし、それに……僕はギフトも授かっていません。父が亡くなって、叔父が後見人になってはくれましたが、僕がオメガということとギフトを持っていないため、結局叔父がフラウミュラーの家を継ぐことになってしまったので」

すべてをルディは告白した。オメガでも嫌がらずに自分の身を引き受けてくれたラフェドなら、きっとなにもかも告げても大丈夫だと思ったのだ。

ただ、あの家でひどい扱いを受けていたことを伝えることはしなかった。言えば自分がみじめに思えてしまうから。

けれどラフェドはルディの置かれていた環境を察したのだろう。

それはそうだ。はじめて会ったときの身なりは清潔にしていたとはいえ、けっして貴族の嫡子のそれではなかったからだ。

腹立たしいな、とラフェドは呟くように言い、そして続けた。

「ギフトか……。オメガだとかギフトを持たないとか、たったそれくらいのことで追い出すなど、実にくだらん。そんなもんあったところで、得をしている人間などごく僅《わず》かだろう。呆れてものも言えない。ルディはルディだろうに。きみがギフトを持とうと持つまいと、きみであることには変わりないはずだ。そんなもので人を量れやしないだろうに」

ラフェドはカップの中のお茶をぐいと飲み干すと、「お代わりを」とルディに言いつけた。ルディはラフェドの言葉がうれしくなる。さっきまでやさしい言葉を期待したり、がっかりしたりしていたのに、本当に現金だとは思うが、だからこそよけいにルディの心に響いていた。

お代わりの茶を注いだところで、ラフェドはルディを見た。

「――父上のことは残念だったな。俺はほとんど接する機会はなかったが、温厚な人柄で人徳があったと聞く。きみにもよい父上だったのだろう？」

そう父親のことについて水を向けられ、ルディは素直に頷いた。

「はい。僕にとってはなににも代えがたい、大好きで尊敬していた父でした。少し僕を甘やかしすぎるのが玉に瑕《きず》でしたけれど。おかげで家からほとんど出たことがなくて……。追い出されてはじめて外に出たくらいでしたから」

大好きな……本当に大好きな父だった。

大らかでやさしくて、誰よりも尊敬していた。あんなに早く別れがくるとは思っていなかったから、親孝行らしいこともせずにいて……それがとても悔やまれて――。

ルディは話をしているうちに、自分の目から涙がこぼれ落ちていることに気づいた。慌てて袖口で涙を拭い、「すみません」と謝る。

「いや、俺がきみの父上の話をしたのが悪い。すまなかった、悲しいことを思い出させてしまったな」

ルディは首を横に振った。

まだ涙はこぼれ続けていた。すぐに止めたいと思っているのに、なぜか止まらない。

「……ごめんなさい。みっともないところをお見せして」

止めようと何度も涙を拭っていると、ラフェドは立ち上がりルディの頭をそっと撫《な》でる。

「無理に止めようとしなくていい。悲しいときにはそのまま悲しみを受け止めていろ。きみの流した涙の粒はそのまま父上を思う気持ちの粒だからな……思う気持ちをきちんと吐き出してやらないと、いつか心に歪《ゆが》みが出てくるものだ。だから、好きなだけ泣いていい」

そういえば、父が亡くなってから、こうして悲しみに向き合うというのはなかったことだった。涙を流したのも葬儀の日以来覚えがない。

忙しさに取り紛れ、自分のことだけで精一杯で、父を悼む暇もなかった。

（そうか……僕は悲しかったんだ……）

ラフェドはルディの涙が止まるまで、ルディの肩を抱き、寄り添い続けていた。その彼のぬくもりは、父が生きていたときにルディを抱きしめてくれていたそれによく似ている。どこか安心するやさしいぬくもりに包まれ、ルディはしばらくの間、涙をこぼし続けていた。


「ルディ、近頃はとても顔が明るくなりましたね」

ハンスが掃除に精を出すルディに声をかけた。

ルディが顔を上げてハンスに「ありがとうございます」と笑って答える。

「前は無理して笑顔を作っている印象でしたが、今はとても楽しそうに見えます。あなたは真面目ですし、なにより仕事が丁寧です。皆の気づかないところまで手をかけてくれている。これならば、旦那様付きとして十分にやっていけるかもしれませんね。どうですか？　やってみますか？」

旦那様付き——要はラフェド専属の従者ということである。

「……やってみたいという気持ちはありますが、僕で務まるものでしょうか」

ここへやってきてまだひと月も経っていないのに、とルディは不安そうに聞く。

やらせてもらえるというのであれば、もちろんやってみたい。

（ラフェド様の従者……）

ハンスに今し方顔が明るくなったと言われたが、それはラフェドのおかげかもしれない。

あの日、彼の前で泣いたことで、自分の中で父との別れについて一区切りつけられたと思っている。きちんと悲しみ、思い切り泣いたことで気持ちに整理がついたのだ。

なにもかもラフェドに助けられている。

だから、彼のために働きたいという気持ちはあるのだ。

「不安でしたら、わざわざ言いませんよ。ルディだったら大丈夫、と思ったからこそ提案しているのです。引き受けてもらえれば、わたくしの負担も減るのですが」

にっこりとハンスは笑った。

「や、やらせてください……！　僕、頑張ります」

ハンスに自分の意志を伝えると、彼は「期待していますよ」とさらにやさしく微笑んだ。

「では早速……と言いたいところですが、旦那様は今から国王陛下にお目にかかるためにお出かけになるので、明日からにいたしましょう。旦那様にはわたくしのほうから伝えておきますから」

はい、とルディは返事をする。

するとそのとき、「ハンス」と背後からハンスを呼ぶ声が聞こえた。

ルディとハンスが振り向くと、ラフェドがこちらへ向かってくるのが見える。

「旦那様、いかがなさいましたか」

ハンスがラフェドのもとへ駆け寄った。

「少し早いがそろそろ出る。馬車の支度を」

ラフェドは正装である軍服を着込み、堂々たる出で立ちである。

私服ももちろん素敵だが、軍服に身を包んだ彼は勇壮で、一層魅力的に見えた。軍服の深紅に彼の黒髪がとても映えていたし、彼の端整な顔立ちを引き立たせていた。

「かしこまりました。――ときに旦那様、明日からルディに旦那様の身の回りを任せることにいたしました。よろしくお願いいたします」

ハンスがそう言うと、ラフェドは側にいたルディへ目をやった。

「そうか。ルディ、よろしく頼む」

「かしこまりました。誠心誠意尽くさせていただきます」

「気楽にな」

ラフェドがそう微笑みかけてくれ、ルディは緊張しつつも明日からの仕事が楽しみになっていた。

「ありがとうございます。――あ」

ルディはラフェドの軍服を見ると、あることに気づいた。

「あの、ラフェド様。馬車の支度ができるまで、少しお時間をいただいてもよろしいでしょうか」

「ん？　なんだ？」

突然の言葉にラフェドは首を捻った。

「いえ、飾りが取れかかっていますので……僕が直しても構いませんか。お時間は取らせませんから」

それを聞いてラフェドが自分の服へ目をやる。ルディの言うとおり、かがっていたところの糸がほつれ、肩章が取れかかっていた。

「気づかなかったな。きみが気づかなければ、陛下の前で恥をかくところだった。すまないが直してくれるか」

「はい！　ではラフェド様はお部屋にいらしてください。すぐに伺います」

ぺこりと頭を下げ、ルディは素早く立ち去る。

少しは役に立てそうだ、とルディはうれしくなる。実は針仕事はこれでも意外と得意だった。

というのも、フラウミュラーの家では縫い物などもなにもかも自分でやらなければならなかったことから、針仕事に興味を持ち、簡単なものなら自分で作っていたのである。

メイド長のマリアにも褒められたほどの腕前で少々自信があった。

自分の裁縫道具を持ち出したルディは急いでラフェドの部屋へ向かう。

早くしなければ、謁見の時間に遅れてしまう。ラフェドの瑕疵《かし》になるようなことはあってはならない。

ラフェドの部屋の前に立つと、ようやくいくらか緊張してきた。

いつも自分を拾ってくれた彼の役に立ちたいと思っていた。こんなことで恩返しになるとも思わないが、彼のためになにかしたい。

ルディは部屋の扉をコンコンとノックした。

「どうぞ」

中から声がして、ルディは「失礼します」と部屋の中に足を踏み入れた。

はじめて入ったラフェドの部屋は無駄なものはなにもなく、実にすっきりとした部屋である。ただ、ライティングビューローの上には、分厚い本が何冊も置かれている。

書斎は別にあるはずだが、自室にまで本をたくさん持ち込んでいるということは、ラフェドは読書好きなのだろうか、とルディはそんなことを思った。

「手間を取らせて悪いな。これは脱いだほうがいいか」

椅子にかけているラフェドがルディへ声をかける。

「いえ、そのままで大丈夫です。肩口だけですから……。お楽になさっていてください。すぐに直します」

ルディはそう言いながら、「失礼します」とラフェドがかける椅子の横に跪《ひざまず》いた。

針に糸を通し、手際よく肩章をかがっていく。手早くではあるが丁寧に繕い、最後に歯で糸を嚙《か》み切った。

「お待たせしました。これで大丈夫です。いかがですか」

ルディがにっこりと笑うと、ラフェドは自分の肩口へ目をやり、そして立ち上がって姿見で全身を確認した。

「上出来だ。縫い目もきれいで見事なものだ。きみは裁縫が得意なのか」

そう聞かれてルディは頷いた。

「はい。はじめは必要に迫られて……でしたけれど、やってみると面白くて」

「なるほど。ではこの前見た、きみの服の繕いは自分でしていたのかな」

そうだ、とルディは恥ずかしくて顔を赤くした。

そういえばあのツギが当たった服をラフェドには見られていたのである。

「あ……はい。自分でしていました」

「ふむ……そんなことまでしていたのか。――まあ、しかしおかげでこうしてきれいに繕ってもらえているということか。俺にしてはありがたいが」

自分の裁縫の腕を認められて、ルディは内心で喜んだ。

フラウミュラーの家にいたときも嫌々やっていたわけではなかったが、こうして彼のためになったと思えば、あの虐げられていた日々も報われるというものである。

(ここでの仕事は……掃除もそれから裁縫も……フラウミュラーの家で使用人として働いていたことがすごく役に立っている)

そう思うと、なんとなくあの意地悪だった叔父家族に感謝したくなるような気がしてくる。

「では、行ってくるとしよう。ルディ、明日から頼む」

「はい、ご期待に添えるように頑張ります」

ルディの返答にラフェドは頷く。

そして、颯爽《さっそう》とした足取りのラフェドが部屋を出ていくのを見送ると、ルディも部屋を出る。

「ありがとうございます」

小さな呟きが静まりかえった廊下に響く。自分はここでラフェドのために尽くしたい、そう思いながら再び仕事へと戻った。

Ⅳ

盆地は深い靄《もや》の中にあった。

空が朱に染まりはじめ、山々の合間から覗く朝日が上りだすと、靄の中に幾筋もの光の帯が現れる。その光がまばらに照らし出すあたりの風景は実に平穏そのものである。

しかし――。

「ラフェド閣下、シルジナもヴァルモンディアも、どちらの兵も見当たりませんが……それにこれだけ静かでは……」

副隊長がラフェドに不安そうに言う。

ラフェドは現在、都を離れ、隣り合う二つの国との狭間《はざま》にいた。

エネリア王国はいくつもの国に囲まれ、常に他国からの脅威と戦っている国である。特にラフェドの管轄である東の国境はシルジナ公国、ヴァルモンディア王国の二つの大国と接しており、特に警戒を必要とする。

ラフェドはシルジナとヴァルモンディアの間で小競り合いが起きているという報を受け、

国王陛下の謁見をそこそこに、小隊を引き連れて急ぎ自身の地元であるディシトアへ駆けつけてきた。

そして小競り合いがあったという国境までやってきたのだが、小競り合いどころか、そんなことがあったのかと疑問に思うほど、しんと静まりかえっている。

「確かにな……嫌な予感がする」

ラフェドはぐるりとあたりを見回し、様子を探る。

ここへ向かうときから、ラフェドはなんとなく違和感を覚えていた。というのも、シルジナとヴァルモンディアとはそれほど仲は悪くない。そのためその二国が小競り合いというのが腑《ふ》に落ちなかった。また、エネリアはヴァルモンディアとは数ヶ月前に一悶着《ひともんちゃく》あり、互いに燻《くすぶ》ったものを抱えつつも和解に至った経緯があった。

このタイミングでの諍《いさか》いごとというのが、ラフェドは訝《いぶか》しく思えてならない。どうも仕組まれたような気がする。

だが、そう思いながらも無視するわけにもいかず、こうして偵察に出向いてきたのである。

「敵襲ー！　敵襲だーっ！」

遠くから兵の大きな声が聞こえてきた。

その声を聞いて、ラフェドはチッ、と舌を打つ。

「くそっ、やはり罠《わな》か。……どうやら背後を取られたらしいな」

嫌な予感というのは得てして当たるものである。

シルジナ軍とヴァルモンディア軍の旗を持った騎兵がラフェド率いる小隊を取り囲もうとしている。

他国にとって、なにより恐れているのはラフェドという存在であった。鬼神という二つ名はけっして伊達《だて》ではなく、一騎当千ともいうべき能力を持っており、いくつもの勲功をあげている。東の国境に大国が二つも接しているのに、いまださしたる被害がなくすんでいるのはラフェドあってこそと言っても過言ではない。よって、エネリアは鬼神が守護している、と一部では揶揄《やゆ》とも賞賛とも取れるような言葉が巷《ちまた》で囁《ささや》かれているほどだった。

おそらくラフェドを亡き者にしようと、シルジナとヴァルモンディアが手を組み、茶番を仕立てたのに違いない。

「皆の者、かかれ！　敵を蹴散《けち》らすのだ！」

ラフェドの声に応じるように、おお、と声が上がる。

その声を合図とばかりに、ラフェドは大きく手を振りかざすと、ひときわ大きな雷の球を敵軍のど真ん中に落とした。

ラフェドは詠唱なしに魔法を操ることができる。すべての魔法を操ることができるが、得意なのは、雷と火の魔法である。鬼神のあだ名をつけられることになった戦いの際には、雷球や火球を操って敵軍の一個連隊を撃破したほどで、その威力の大きさから恐れられることとなったのである。

詠唱なしに魔法を操ることは、よほどの魔道士でなければできないと言われている。ラフェドのギフトは魔法騎士であり、アルファという種と相俟《あいま》って、最強の騎士と言われてもいた。

だが、そんなラフェドにも弱点がないわけではない。

大魔法を使うと、ほんの数秒間ではあるが、無防備になってしまうのである。そのため自身の剣技にも磨きをかけてはいるのだが、その隙を狙《ねら》われればどうしようもない。

そして敵方はそれをよく知っているようであった。

反撃の火魔法がラフェドを襲う。

「く……っ」

しまった、とラフェドは己の油断を悔いた。

しかしそのとき、自らの肩のあたりが光り、降り注ぐ火球からラフェドの身体を守った。

ラフェドは驚き、目を見開く。

（これは……？）

自身を守る光の存在に一瞬、茫然としたが、すぐに我に返る。

（考えるのは後だ。この光が守ってくれているのだとしたら、いまこそ）

光はラフェドの身体を包み込み、次々に襲いかかる火球を撥《は》ねのけた。

それだけではない。ラフェドの身体には力が漲《みなぎ》っている。

「怯《ひる》むな！　反撃せよ！」

隊へ活を入れると、ラフェドは容赦なく次々に魔法を繰り出す。そうしていくらもしないうちに、襲いかかってきた敵軍を圧倒した。

「閣下、お怪我《けが》ありませんか」

副隊長がラフェドのもとへやってきて尋ねる。

こちらの軍の被害は皆軽傷ですむ程度で、大きく戦力を削《そ》ぐことにはならなかった。

シルジナとヴァルモンディアの合同軍の火球は主にラフェドを狙ったものだったようで、他の者にはさほど影響はなかったらしい。

「ああ、平気だ。傷ひとつない」

ラフェドは改めて自分の身体を見回した。

火球の雨が降ってきたときに自分を包んでいた光はもう消えていた。これまでどの戦いでもあのようなことはなかった。

「それはようございました。それにしても、閣下の加護のお守りは随分と強力でしたね」

なにげなく口にしただろう副隊長の言葉にラフェドは「加護のお守り？」と聞き返す。

「ええ、閣下の肩章が加護のお守りになっていますよね」

「どういうことだ」

さらに聞き返すと副隊長はきょとんとした顔をする。ラフェドは当然知っていたものだと思っていたようだ。

「ご存じではありませんでしたか？　肩章に加護の力が宿っていてお守りになっていたのですよ。ただ、先ほどのことでその力は使い切ったようですが、まだ力の名残がありますから」

あれだけの攻撃を防いだのですから、非常に強い守護守りですね、と副隊長はそう言った。

実はこの副隊長のギフトは「鑑定」である。様々なものを即座に判別できる目を持つため、重宝される。例えば戦地では特に兵糧が大事である。支援物資が遅れる場合には現地で動物を狩ったり、野草などを採取して食料とする場合がある。その際、毒か毒でないかを判別したり、また野草ならば薬草であればそれもまた必要となるため、その鑑定を行える。

その鑑定の力を持つ副隊長が加護があると言ったのであれば、そうなのだろう。

「なるほど……だからか」

あのとき自分を守ってくれた光は肩口からそれを放った。肩章に加護、というのであればその加護の力が働いたのだろう。

「肩章……」

独りごちながら、もう一度肩へ目をやる。

そこでハッとあることに気づいた。

この肩章は自分が出立する直前にルディが繕ってくれたものである。それ以外はこれまでと変わったことはなかったはずだ。

「ルディか……?」

自分の屋敷にやってきてようやく笑顔を見られるようにはなったが、あのどこか寂しげで、けれど毎日懸命に働く少年に加護を与える力があるというのか。

だが、彼はそんなことを一言も言ったことはない。

それに加護を与える力を持つというのであれば、どの家でも手放すことはないはずである。なのに彼は家を追い出されたという。

「……あの子は恨み言を言わないが、まったくひどいことを」

ルディを雇うと決めたとき、なにも明かそうとしなかったルディの頑固さにいくらか呆れつつも、その頑なさが健気《けなげ》だと思った。

男爵家の嫡子が手にあかぎれを作り、すり切れたシャツとツギの当たったズボンを身につけているというのがどうにも腑に落ちなかったが、追い出されたと聞いて彼のあの姿も納得がいった。おそらく、追い出されるまでにも彼が自分自身の衣服を繕うほど、よい扱いは受けていなかったのに違いない。

なのに、こちらが水を向けるまでけっして泣き言は言わなかった。また、追い出されたとは言ったが、人の悪口や愚痴をこぼすことはなかった。

本当にやさしい心根を持った子だ、とラフェドはルディのはにかんだ笑顔を思い出す。

「……なぜルディは当主にはなれなかったのか」

当主だったルディの父親が亡くなった後、本来であればそのままルディが当主になるはずである。だが、オメガというのであれば、貴族院がよしとしない可能性もあっただろう。

貴族にはまだまだ差別傾向がある。オメガの叙爵を反対する者は数多くいるのだ。

「きっといい当主になっただろうに」

ルディは真面目なだけでなく、頭の回転も速く気も利く。それに他人への心遣いもできる少年だ。

おそらく他の貴族の息子ならおよそ耐えられないだろう、使用人として働くという状況に、文句ひとつ言わないどころか仕事を覚えようとハンスにつきっきりで毎日遅くまで頑張っている。

そんな彼が当主であれば、きっと彼の父親のように人徳のあるいい当主になったに違いない。

ラフェドは改めてルディが縫いつけてくれた肩章へ目をやった。

丁寧に縫い取られたそれに加護がついていたとは。

そしてその加護に自分は助けられた。

「戻ったら、なにか褒美をやらなければな」

きっと今も懸命に働いているのだろう、そんなルディの姿を思い出し、ラフェドは微かに頬を緩めた。

結局のところ、偽の情報に踊らされたわけではあったが、それでもほとんど無傷でやり過ごせたラフェドの隊は無事に帰途に就くこととなった。

また、強襲してきた敵方シルジナとヴァルモンディアの両軍勢については、ラフェドの魔法でほぼ壊滅状態となり、這々《ほうほう》の体《てい》で撤退したようである。

「ひとまず俺は都へ向かうが、異変があればすぐに連絡を寄越せ。いいな」

ラフェドは地元であるディシトアまで戻ると部下にそう命じた。

ディシトアから都までは、鉄道でも丸二日はかかる。幸い列車内でも電信で連絡がつくため、再び敵襲があってもすぐに引き戻すことができる。

「あれだけのダメージであれば、しばらくちょっかいはかけてこないとは思うが、シルジナの狸《たぬき》とヴァルモンディアの狐《きつね》はなにを考えているかわからんからな。油断は禁物だ」

「承知いたしました。閣下も道中お気をつけて」

見送られて、ラフェド専用に仕立てた特別車に乗り込み、再び都を目指す。

車窓から見えるのはこのディシトアの一番美しい景色だ。

冬が厳しいディシトアは春から秋の季節はとても貴重であり、そして初夏から夏にかけてが一番美しく輝いている。

春から夏の間隔が短いせいで、この時期に一斉に花が咲き、草木の緑も鮮やかでラフェドが一番好きな季節である。

ただ、この一番好きな季節にディシトアを離れて都へ行かなければならない。都にはこれほど雄大な自然どころか、緑は人の手によって整えられた庭園で楽しむしかない。

ラフェドはきれいに整えられた庭園も嫌いではないが、人の手によらない、荒々しくも逞《たくま》しい自然の形のほうがもっと好きである。

ここにいると強くあれ、と励まされる。また常に自分のあり方というものを考えさせられる、道標《みちしるべ》のような場所でもある。

都に行くと、この一番よい季節の景色を見逃してしまうことから、半ば務めのようなものとはいえ、これまでは毎年この時期に都に赴くのがなんとなく億劫《おっくう》ではあった。

しかし、今こうして都へ向かうのはあまり嫌な気持ちにはならない。

それどころか不思議なもので、早くあの無機質な建物ばかりの都へ戻りたいとすら思ってしまう。

——僕も一度見てみたいです。

そういえば、ルディは追い出されるまで外に出たことがなかったと言っていた。

「そうだ、季節のいいうちに連れてきてやろう」

この景色を見たら、あの子はいったいどんな顔をするだろうか。

最近よく笑うようになったが、もっと笑顔を見たい。
そんなことを思いながらラフェドは車窓を眺めたのだった。

V

「えっ、僕が縫ったところに加護が……？」

ラフェドが遠征から戻ってきてまもなく、ルディは彼から肩章に加護が付与されていたことを聞いて驚いた。

加護の付与ができるということは、ルディはなにかしらのギフトを授かっているということになる。だが、そんなものはない、と十五のときに連れられていった教会でもそうはっきりと言われた。

どこの教会でもほとんどのギフトの鑑定を行うことができるが、ごく稀なものについては大聖堂のようなところでなければ鑑定できないことがある。しかしルディはその大聖堂での鑑定でさえ、「残念ながら」とギフトを授かっていないと告げられたのだ。

だから加護など付与できるはずがない。なのに彼はこう言った。

「そうだ。おかげで俺は危機を免れることができた。きみのおかげだ」

思ってもみなかった言葉にルディはただぽかんとするばかりである。

「あ、あの……僕そんなギフトは持っていなくて……」

必死で否定したが、ラフェドは聞き入れてくれなかった。

「ルディ、きみがなにか作ったものとか、繕ったものはないか」

それどころか、いきなりそんなことを言い出した。

彼の意図がわからずルディは困り果てた。しかし、ラフェドがあまりに真剣な顔をして言うものだから、ルディは自分のポケットからハンカチを取り出した。

「このハンカチに……僕が刺繍《ししゅう》したものが」

フラウミュラーの屋敷にいたときに、マリアに余り布をもらってハンカチにしたものだ。そんなものまであの家ではルディから取り上げようとしたが、はじめて刺繍したこれだけは自分の手元に置いておいた。

それをラフェドに差し出す。

「上手いものだ。とてもきれいに刺繍できている。ルディは手先が器用なのだな」

「いえ……それほどでも」

ただの自己満足で作ったものを思いがけず褒められて、ルディは頰を染めた。

褒められてうれしかったのは、それがラフェドだったから、ということもある。なんとなくだが、ここにいることを許されるような気がしたから。

「少し借りるぞ」

ハンカチをルディから受け取ったラフェドは「きみの力を証明してやろう」と言う。そうして書斎机にあったペーパーナイフを手にすると、それをルディに持たせた。

「これは……？」

なにをするのか、わけがわからずルディは首を捻る。するとラフェドはルディにこう言った。

「そのペーパーナイフを俺に向かって投げてみろ」

突拍子もない言葉にルディは目を白黒させた。

「ええっ⁉」

ペーパーナイフとはいえ、ラフェドに向かって投げるなど、そんなことできるわけがない。ルディは首を横に振った。

「大丈夫だ。俺はこれでも騎士のはしくれだ。きみの投げたナイフくらいは避《よ》けられる」

「でも……」

「いいから、投げてみろ。これは命令だ」

命令と言われ、ルディはしぶしぶナイフを構える。

そうしてラフェドの言うとおり、彼に向かってナイフを投げた。

すると。

「…………！」

驚いたことが起こった。

ラフェドがナイフを避けるより前に、一瞬光の膜のようなものが彼を包み、ナイフが彼に届く前に床に落としてしまったのだ。

唖然《あぜん》とするルディへラフェドが近寄り、「わかっただろう？」と声をかけた。

「で、でも……これが僕の力ということかどうかはわからないですよね」

不思議なものを目の当たりにしてもまだルディには信じられなかった。なにしろ今の今までギフトはないと言い聞かされていたし、自分でもそんな力があると実感したことがないのである。すぐに納得できるわけがない。

だが、ラフェドはこう言った。

「いや、俺の部下は鑑定眼を持っているが、その男が確かに肩章に加護が宿っているとそう言ったのだからな。他の場所ではなく、きみが縫いつけた肩章だ……ということは、きみはなにかしらの力を持っているということだよ」

ラフェドがなにを言ってもルディにはピンとこない。

あれほど欲しかったギフトがあるかもしれないというのに、彼の言葉がどこか遠いところから聞こえてくるように、ルディの中をすり抜けていく。

まるで人ごとのように聞いているルディの様子にラフェドは苦笑した。

「きみはギフトを持っていないと言うが、果たして本当にそうなのか確かめてみたほうがいいかもしれないな。よし、明日は俺も時間がある。一緒に教会に行こう」

「えっ、そんな……！　僕のことなんかにお時間を取らせるなんて」

ラフェドは忙しい身だ。

その彼の時間をルディのことに割くのは申し訳ない。

「なにを言っている。俺はこの力がなければ、あやうく命を落とすところだったのだからな。言うなれば、きみは俺の恩人ということになる。その恩人のために少しくらいの時間を融通することなどわけのないことだ」

では明日、と有無を言わせずルディに約束を取りつける。ルディはというとただ目をぱちくりと瞬かせながら立ち尽くすだけだった。

ラフェドの部屋を辞したあとで、ルディはふう、と大きく溜息をついた。

（ギフトなんて……あればと思ったことはあったけど、本当にあるのかな）

半信半疑ではあるが、ラフェドという主人の命であれば仕方ない。

（もしなくても、がっかりしないようにしよう）

期待をしてはいけない、とルディは自分に言い聞かせた。

あくる日、ルディはラフェドに伴われて、教会へ向かった。

二人きりでどこかに行くのもはじめてで、また馬車で隣り合わせに座らされて、ルディはとても緊張する。それにこれからギフトを再び鑑定されるのかと思うと、なおのこと気が重かった。

「着いたぞ」

馬車から降りてルディは教会を見上げた。

ここはルディがかつて連れていかれた大聖堂とはまったく違う教会だが、その大聖堂に勝るとも劣らない大教会であった。見たところ、歴史ある教会のようで重厚で荘厳な建築物にルディは圧倒される。

そして教会の入り口でルディは足を止めてしまう。

「どうした」

ラフェドに声をかけられ、ルディは小さく首を横に振った。

「なんでもありません」

ルディはそう言って足を速めた。

すると、慌てていたせいか、石畳に足を引っかけて転んでしまいそうになる。

そのとき、大きな腕がルディの身体を抱きかかえる。

「大丈夫か」

間近にラフェドの顔があって、ルディはカッと頬を熱くした。

彼の鳶色の瞳に見つめられると、心が落ち着かずにザワザワとしてしまう。そしてルディを抱える腕の逞しさ……。

「だ、大丈夫です。すみません……」

体勢を立て直して、ルディはパッとラフェドの腕から離れた。

これ以上くっついていると、ドキドキと大きく鳴っている自分の心臓の音を聞かれてしまいそうだった。

「緊張しているようだな」

彼がそう言ったのも、ルディの声が少し震えていたせいかもしれない。あるいは、頬の赤さを見たせいか。

ルディの返答を待たずにラフェドは続けた。

「あまり固くなるな。気楽にしていればいい」

そんなことを言われても、とルディは困った顔になる。

改めて鑑定されても、やはりギフトがなかったら、と思うと憂鬱《ゆううつ》になる。はじめから諦《あきら》めてはいるはずなのに、こうして気が滅入るというのはやはり心のどこかで望んでいるのかもしれない。

ラフェドとともに教会の中へと入っていくと、穏やかそうな司祭が「お待ちしていました」とにっこりと笑った。

「急ですまない。使いに持たせた手紙にも書いたが、この子のギフトの鑑定を頼みたい」

「ラフェド様の頼みでしたら、いつでも承りますよ。さあ、こちらへどうぞ」

司祭に促され、ラフェドとルディは祭壇へと足を進めた。

「ルディ、ここの鑑定はどこよりも正確で信頼がおけるものだ。中には適当な鑑定をする教会もあると聞いたことがあるが、ここなら心配ない」

ラフェドの言葉に司祭はルディに微笑みかける。

「ラフェド様からあなたがこれまでギフトがないと聞かされていたと伺っています。ですが、ギフトを授からない者などおりません。神は皆に等しく愛を与えるのですから」

だがその言葉を聞いても、ルディには信じられないでいた。

浮かない顔をしていると、ラフェドがルディの頭を撫でる。

「鑑定をしていないうちから絶望的な顔をするな。もしきみにギフトがなくても、うちから追い出すようなことはしないいから安心していい」

ルディが小さく頷くと、司祭「では」と声をかけた。

「ルディ・フラウミュラー、この石板に手を触れてください。さすれば、あなたに授けられた神からのギフトがどんなものであるか、そこに示されるでしょう」

指し示された石板はとても古びたものだった。

これまでルディが鑑定に赴いた際に触れたものは、金でできていたり、ピカピカと真新しかったりしていたが、目の前のものは今まで見たものとはまったく違っていた。

どこか温かみのあるその石板にルディはおずおずと手のひらを置く。

「…………」

結果が怖い、と思いながら目を背けていると、ルディの触れた場所がぼんやりと光り出す。またその場所からなにかじんわりとした力がルディの身体の中に入っていくような気がした。それはとても心地よくて、ルディは思わず瞼を閉じる。なにか温かいものに包まれて揺蕩《たゆた》うような感覚に身を任せる。

「ルディ、もういいぞ」

ラフェドの声でルディはハッと目を覚ました。

慌てて顔を上げると、ラフェドと司祭が微笑みながらルディを見つめている。

「す、すみません……！　僕――」

言いかけたところでラフェドが「立派なギフトだ」とルディに言った。

「え？」

ルディは目を瞬かせた。

「ルディ・フラウミュラー、あなたのギフトはかなり特殊なものでした。これはあなたが数少ないオメガであることに関係するギフトなのでしょう。はじめて見ました」

司祭はやさしくルディに話しかける。

「僕にギフトがあるんですか……？」

いまだ事情が摑めず、ルディの頭の中は混乱していた。

どうやらラフェドと司祭の語り口からして、ルディにギフトがあるらしいことは把握したが、なにがなんだかさっぱりわからない。

「ええ、そうですよ。ルディ、あなたは『天使の祝福』という極めて稀なギフトを授かっているのです。このギフトはあなたが細工したものに加護の力がつくというもののようですね。それもアルファの方にだけ効力を発揮するという非常に珍しいものです」

なるほど、とルディの隣でラフェドが呟くように声を出す。

「これまでルディのギフトが認知されなかったのは、なぜだったのだろうな。ルディはもう十八だというのに」

ラフェドが隣で首を捻った。

すると司祭が横から口を挟む。

「ギフトの発現は実にデリケートなものです。例えば精神的なストレスによって発現が遅れる、また早まる、ということはよくあることなのです。こちらのルディさんにもしかして、そういったことはありませんでしたか？」

「ルディはギフトが発現する時期にちょうど父親を亡くしている。それも関わっていると考えられるか？」

「ええ、それは非常に大きな要因になり得るでしょうね。親御さんやご兄弟を亡くすというのは、なにより大きなストレスですから。私の知る例では、ご両親を亡くされたお子さんがたった五歳でギフトを発現しましたが、その後ぱったりとギフトが発現しなくなり、二十歳を過ぎて再び発現したということがありました。それほど人の精神状態に密接に関わっているものなのです」

「そうか。ルディはそれだけでなく、その後家でかなり辛い目に遭わされてきたらしいのだ。縁あって俺の屋敷にいるが、はじめて会ったときは今よりももっと痩せていた」

ラフェドの言葉に司祭は眉間に皺を寄せ、両手を組んだ。

「おお、なんということでしょう……。それではなおのことギフトは発現しづらかったでしょうね。しかし、こうしてあなたのギフトはきちんと花開いていますよ。きっとラフェド様のところにいることで、心配事がなくなったからなのではないでしょうか」

司祭とラフェドの会話を聞きながら、ルディはそうだったのか、とひとり納得していた。

どうやら大聖堂まで行ってもギフトがないと言われたのは、単に発現していなかったから、ということのようだ。それが今鑑定されたというのは司祭の言うとおり、ラフェドの屋敷で楽しく働くことで気持ちの揺らぎがなくなり、ギフトの発現に至ったのだろう。

なにからなにまでラフェドには感謝しかない。

「加護を付与できるというのはまったくルディらしい」

「え？」

「きみはやさしい子だからな。そのやさしさにふさわしいギフトだ。自慢していい」

ラフェドの言葉に司祭が「ええ、そうですよ」と相槌を打った。

「私は長年ギフトの研究をしてきた研究者でもあるのですが……先ほども申し上げましたが、この力は今まで私でさえ見たことがありません。あなたの天使の祝福というのは素晴らしいギフトですよ。特にラフェド様のように戦地に赴かれる方が側にいるのでしたら、あなたの力はまたとない戦力のひとつにもなりましょう」

「天使の祝福……」

ルディは司祭の言葉をおうむ返しに口にした。

自分の力がラフェドにとって有用だというのはとてもうれしい。自分にも役に立てることがある。

「うれしいです……すごく……」

口にするとようやく自分がギフトを持っていることを実感できた。今まで願っても叶わないと思っていたことが叶う喜びというのはなににも代えがたい。

ルディは心からの微笑みを顔中にあふれさせた。

「ありがとうございます、ラフェド様。司祭様」

「礼を言うことはない。きみの力だ。そしてルディ、きみはもっと胸を張りなさい。卑下する必要などなにもないのだからな。このギフトがあれば、貴族院にも認められるだろう。フラウミュラーの当主の座を取り返すこともできる」

ラフェドが顔を覗き込んできてそう言ったが、ルディは首を横に振った。

「いえ……僕はもう当主の座というものに未練はありません。それに戻って叔父と争うのはやっぱり嫌だから……」

ラフェドの屋敷に来てから、帰りたいと思うことはまったくなかった。毎日が楽しく、それに――。

そう思いながら、ルディはそっとラフェドの顔を見る。

この素敵な人の側にいられることが幸せだった。

ラフェドに言った言葉も本当だが、本心では彼の側で働いていたいという気持ちのほうが先に立った。

（いつまでも……ラフェド様のところで働かせていただけたら……）

小さな願い事を胸にして、ルディはもう一度目を細めてラフェドの顔を見る。

ルディの視線に気づいたラフェドはそっと微笑み返してくれた。

＊＊＊

「なんだなんだ、いきなり呼びつけて。急用とはなんだ？」

シモンが息せき切ってラフェドの屋敷にやってきた。

「悪いな。急用、というわけではなかったが、使いの者が勘違いしたようだ。俺がおまえに用があるから来いというのが珍しいと思ったのだろう」

「なんだ、急用じゃあなかったのか。だったら、ご婦人とのお茶の時間を切り上げるんじゃなかったな」

はあ、と大きく息をつきながら、シモンはソファーにどっかりと腰かけた。

「茶ならここで飲め。ハンスがいい茶葉を仕入れてきた。ベルガモットの香りがきいている。茶菓子もおまえの好きなレモンパイだ。せっかく用意したのだから食っていけ」

テーブルにはラフェドの言うとおり、いい香りのお茶と鮮やかな黄色が気分を明るくさせるようなレモンパイが置いてあった。

「これは気が利いている。——うん、うまい。いつも思うがおまえのところのコックは本当にいい腕前だな」

「そうだな。おまえがそう言っていたとコックに伝えよう。きっと喜ぶ」

うまい、と言いながらシモンはレモンパイを次々に口にする。

「——で、急用じゃない用というのはなんだ。あとお代わりを頼む」

レモンパイを平らげ、お茶を飲み干して、ようやくシモンが切り出した。

「お代わりはすぐに持ってこさせよう」

そう言ってラフェドは呼び鈴を鳴らし、すぐにやってきたメイドに茶とパイのお代わりを用意するように命じる。

「パイとお茶は少し待っていろ。――それで、用というのはだな、ルディのことだ」

「ルディくん？　さっきちらっと見かけたが、随分と明るくなったねえ。笑顔で私に挨拶《あいさつ》をしてくれたよ。あんなに可愛く笑えるようになってよかった。一番はじめに会ったときは本当に追い詰められたような暗い顔をしていたからね」

シモンの言うことにはラフェドも同感だった。

だいぶ彼は明るくなってきた。きっとあれが本来の彼の気質なのだろう。

それにたぶん、先日のことも彼の明るさが取り戻せた一因だったかもしれない。ギフトを持たないと思い込んでいた彼に本当はきちんと授かっていたのだということがわかったことで、自信にも繋がったのだろう。

「ああ。それでおまえに頼みがある」

ラフェドはシモンにルディの身の上や、フラウミュラーの家を追い出された理由を話した。またギフトについても先日の一件を語る。

すべてを聞いたシモンは「うーん」と唸《うな》りながら、ソファーに背をすべて預け、天井を仰いだ。

「……いや、なんとなく想像はしていたが、思っていたよりもひどい状態だった……ということだな」

「そういうことだ。男爵が亡くなったのをいいことに、その叔父とかいうのがルディの家を乗っ取ったらしい。あの子があんなみすぼらしい身なりをしていたのも、なにもかも取り上げられて……あの子は繕い物まで自分でしていたのだ。ただ、そのおかげであの子のギフトがわかったわけだが」

「……で、なにを私に頼むのかな」

お代わりの茶とパイがやってきてご機嫌のシモンは、ラフェドににっこりと笑いながらそう聞いた。

「どうもあの子はまだなにか隠しているらしい。フラウミュラーの家について調べてもらいたい。おまえならそんなことお茶の子さいさいだろうが」

「まあ、そうだが。そこまで気にかけるとはね。ルディくんはなにも話さないのだろう？　それでも知りたいということかな」

「……俺は、ただ……あの子の境遇があまりに不憫《ふびん》だと」

「かつてはともかく、今は単なる使用人に過ぎないあの子のことを？　あのくらい理不尽な目に遭っている子などいくらでもいるのに」

シモンは意地の悪い言葉をラフェドにぶつけた。しかし、彼の言うことは正しい。ルディだけでなくもっとひどい目に遭っている者は、もしかしたら自分の使用人の中にもいるのかもしれない。

けれど——。

「あーあ、そんな顔をして。まったくおまえを怖がっている人たちに今の顔を見せてやりたいね。恋しています、って顔を」

ニヤニヤとシモンが笑いながら茶を飲む。

「シモン！　俺はそんな……！」

恋、と言われて、ラフェドは困惑した。ルディのことは可愛いと思っているが、まさか。

そんなラフェドの狼狽える様子を見ながらシモンは、ふふ、と小さく笑う。

「悪かった。意地の悪いことを言ったな。ともかく、ルディくんのことは私も気になるし、調べてみよう。それよりおまえの慌てふためくところを見られてよかったよ。朴念仁かと思っていたが、運命の相手はあの子だったのだな」

ははは、と笑うシモンにラフェドはむっつりとした顔をする。

「揶揄《からか》うな。別に俺は——」

そう言いかけて、ラフェドは自分の中にふわりと浮き上がった感情が、果たして恋なのかなんなのか、としばし考えた。

ルディは……放っておけないだけだ。不憫な境遇のあの子を見捨てておけない。

ふと、先日の教会でのことを思い出した。

ギフトが授かっているとわかったときのルディの笑顔。あの笑顔は眩しいほど美しいと思った。だからあの笑顔を曇らせないようにしたいだけなのだ、と。

「とにかく頼む」

そんなラフェドにシモンはクスクスと笑いながら、パイを一切れ口にした。


「おまえに頼まれたあの件だが、なかなか面白いことがわかったぞ」

数日後、国王陛下からの招聘がありラフェドが登城した際、シモンに偶然会うことができた。

「どういうことだ」

「あの子は婚約者まで奪い取られたようだね。元々男爵はルディくんにあの屋敷にずっといられるように幼い頃にハルトマン伯爵家との縁談を決めていたらしい。ハルトマンの三男とルディくんを結婚させて、跡継ぎにするということのようだった。それが男爵が亡くなったことで、ルディくんの叔父というやつはうまいこと言って、ルディくんとの婚約を破棄させ、自分の娘にあてがったわけさ。自分がフラウミュラーの当主だから、って言い張ったのだろうな」

ひどい話だ、とシモンは渋面を作った。

「それだけじゃない。その叔父家族というのはとんだ浪費家揃いでね、どうやら男爵の財産を食い潰してしまっているらしいね。ルディくんを追い出したのも、それを知られたくなかったんだろう。これじゃあ、ルディくんが可哀想すぎる」

それを聞いて、ラフェドは憤慨した。

家を取り上げ、財産も婚約者も横取りし、挙げ句ろくに衣類や食事も与えずに追い出したというのか、と。

（それでもあの子は叔父たちの悪口ひとつ口にすることはなかった。それほど虐げられていたというのに、愚痴もこぼさず誰かのせいにすることもなく、ただただまっすぐに……）

やさしく微笑むルディの顔を思い出して、ラフェドはやりきれない気持ちになっていた。

「腹立たしいな。なにもルディが悪いわけではないのに、そんな仕打ちを」

「そうだねえ。ルディくんの叔父ってのはベータだっていうし、おおかた、アルファだった男爵と常に差をつけられてきたんだろうよ。それで降って湧《わ》いてきた爵位に舞いあがったんじゃないのかねえ。それで弱い立場のルディくんを虐げたのさ。弱い人間ってやつは、自分よりも弱い者を下に見て、自分の立ち位置に安心するものだからね。そういうのはけっしておまえにはわからない感情だろうがね」

珍しくシニカルな口調のシモンだったが、ラフェドは同意した。

「そうだな。俺にはわからないな。しかし、だからといってルディにしたことは許されることではないだろう」

「まあね。……で、どうする？　フラウミュラーの家に乗り込むのか？」

「そんなことをしたところで、ルディが喜ぶはずがないだろう。フラウミュラーがあの子を手放したというなら、あの子は俺が守るだけだ」

そんなラフェドをシモンが興味深げに見つめていることに、ラフェド自身気づくことはなかった。

シモンにしてみれば、ラフェドがこれほど他人に興味を抱く――そして好意を抱くことは非常に希有《けう》なことだと思っている。

後になって、シモンは「やっぱり運命だったんだね」と軽やかに笑ったことをラフェドとルディは知るのだけれども。

VI

「旦那様《だんな》、少々お願いがございます」

ハンスが夕食の給仕をしながら、ラフェドへそう切り出した。

ルディはハンスとともにラフェドへの給仕の手伝いをしていたそのさなかである。

今夜の食事はコックが大きな魚を手に入れたことから、それを塩竈《しおがま》にしたため、給仕に手間がかかるとルディも呼ばれたのである。

ハンスがお願いなどこの屋敷に来てから一度も聞いたことがないな、と思いながらルディは切り分けた魚の皿をラフェドの前に置く。

「なんだ」

ラフェドがそう答えながら、魚を一切れ口に運んだ。

「依頼していた旦那様の馬具の修理が終わったそうなのですが、なんでも主人が足を怪我《けが》したとのことで、申し訳ないが出向いていただけないか、と。鞍《くら》の調整が必要なので、できたら旦那様に来ていただきたいとのことなのです」

「なるほど。俺は一向に構わない。そうだな……明日は無理だが、明後日《あさって》なら一日空いている。ついでに主人の見舞いもしてこよう。いつも使いやすいようにしてくれているからな」

「ありがとうございます。ではそのように伝えましょう。見舞いの品も適当に見繕っておくことにいたします――となると……明後日ですとちょうどルディが休みの日ですから、荷物持ちとして一緒にお連れいただくとよろしいかもしれません」

「そうだな。ではルディ、供を頼む」

ルディは、はい、と答えながらも内心で首を傾《かし》げた。

明後日は特に休みの日でもなんでもない。なのに、ハンスは休みだと言っている。どういうことかとハンスのほうを見ると、彼はルディに向けて小さくウインクをしてみせた。

「旦那様、大変申し訳ありませんが、その折にルディに街を案内していただけないでしょうか」

「街を？」

「ええ。ルディは旦那様もご存じのとおり、フラウミュラーの家からほとんど出たことがないまま、この屋敷に参りました。ですから、街の様子には不案内でございます。わたくしが少々買い物を申しつけたくとも、今のままではルディに頼むこともできませんので。

本当はわたくしが案内できればよいのですが、ちょっと時間が取れないものですから」

「それはいい。言われてみればハンスの言うとおりだ。それに街に行くというのなら、ついでになにか欲しいものを買ってやろう。ルディはこの前のことで褒美をやると言っても随分と固辞したからな。いい機会だ」

そう言いながらラフェドはルディを見る。

「そ、そんな……！　あんなことくらいで」

「おまえにとってはあんなことくらいかもしれないが、俺はそのおかげで助かった。とにかく、明後日を楽しみにしている」

「ラフェド様……」

「明後日は晴れるといいな」

楽しみにしていると言ったとおり、明るい口調のラフェドのその言葉にルディは「よろしくお願いします」と頭を下げる。

そんなやりとりの後、変わらずにラフェドが食事を続けるのを見ながら、ルディの心はにわかに落ち着かなくなってしまう。

(ラフェド様と二人で出かけるなんて……)

この前も二人で出かけたが、あれはルディを教会に連れていってくれただけだ。あのときはルディもギフトのことで頭がいっぱいで、ラフェドと二人きりという実感はあまりなかった。けれど今度は違う。

(どうしよう……)

憧《あこが》れであるラフェドと二人きりなんて、別の意味で緊張してしまう。

(でも……うれしい)

ルディは明後日が楽しみだ、と誰《だれ》も見ていないところで小さく笑顔を作った。

翌々日、ラフェドはルディを伴って街へと繰り出した。

馬具屋までは馬車でやってきたが、ラフェドはその馬車をいったん帰してしまう。

「夕方にはまた迎えにこさせる。それまではゆっくりと街を歩こう」

そう言って。

肝心の一番の用事である馬具屋でラフェドは主人を見舞い、そして鞍を調整した。

愛用の鞍だったが、先日の国境への遠征の際に一部破損したようで、それを修理に出していたらしい。

主人は足を怪我して杖《つえ》をついていたが、「あたしがやる」と、調整は他の者に任せず、すべて自分で行ってしまう。調整の間ラフェドは熱心に主人に話しかけ、主人もラフェドに満足そうに答える。

「素晴らしい出来だ。いつもすまないな」

「いえいえ、ラフェド様はものを大事に扱ってくださるんで、あたしたちもすごくうれしいんですよ。中にはちょっとくらい傷がついただけで大騒ぎしてすぐに捨てちまう人もいないわけではないんでね。その点、ラフェド様のこの鞍はもう何年も修理しながら使ってくださる。こんなのあたしたち職人冥利《みょうり》に尽きますよ」

馬具屋の主人はニコニコとしながら、答えた。

どうやら馬具屋の主人はラフェドを怖がることはなく、それどころかとても信頼しているように見える。

やはりそうだとわかったのは帰り際のことだった。

「本当にねえ、あたしらみたいなもんにまで、こうして丁寧に接してくださるこんないい方はいませんよ。とんでもない噂《うわさ》が一人歩きしてますが、あんなのは大嘘《おおうそ》だからね。あたしは昔からラフェド様がどんなにいい人か知ってるんだ。――あんたはラフェド様にお仕えできて幸せですよ。ラフェド様に恥をかかせないように、しっかり働きなさいよ」

馬具屋の主人は店を出るときにルディにそっと耳打ちをしたのだ。

「はい、そうですね。僕もそう思います」

「だろ？　あんたもいい子だ。ラフェド様の力になんなさいよ」

上機嫌の主人に見送られ、ラフェドとルディは店を出た。

店から出てややしばらくしたときラフェドがルディに声をかけた。

「馬具屋の主人となにを話していたんだ？」

店を出る間際に二人でこそこそ話をしていたのが気になったのだろう、そう聞いてきた。

隠すようなことでもないので、ルディはラフェドに「ラフェド様がとてもいい人だとご主人が褒めていらっしゃいました」と答える。

するとラフェドは素っ気なく「そうか」と答えただけだった。だが、その表情にはやや照れが混じっているようで、ほんの少し口元が緩んでいることにルディは気づき、ルディもそっと頬《ほお》を緩ませた。

馬具屋を出た後は、ルディはラフェドに街中を連れ回されることになった。

まず仕立屋で、ラフェドはルディの普段着とよそゆきの服を注文し、驚いたルディは慌ててラフェドを止めようとした。

「ラフェド様……！　僕はいただいたこの服で十分ですから」

ルディが現在着ている服は、ラフェドが少年時代に着ていたというもののおさがりをもらったものだ。寸法がちょうどよく、また仕立てもよく着心地がいいのでルディはとても気に入っている。

「ルディ、いつまでもお古というわけにはいかないだろう。俺についてこうして外出する機会などこれからもままあることだ。そのときにきみは俺に恥ずかしい思いをさせるつもりかな」

そう言われて、ルディはハッとした。

ラフェドの言うことは正しい。周囲は従者の身なりも含めて主人を品定めする。従者にみすぼらしい格好をさせていては、主《あるじ》に甲斐性《かいしょう》がないと思われるだけである。

今の服は上質なものではあるが、やはり流行遅れではあるし、見る人が見ればお古だとわかってしまうはずだ。

ただでさえ、いい噂のないラフェドについて悪い噂でさらに上書きしてしまうのはルディの本意ではない。

それに先ほどの馬具屋の主人にも念を押されている。

遠慮はときに人を傷つけることもある。ここは素直にラフェドに甘えるべきところだったのだ。

「申し訳ありません……そんなつもりではなくて」

ルディは謝った。

するとラフェドはルディの頭に手をのせる。

「わかってくれたらいい。――さあ、ではこれからは俺の言うことを聞いてくれ」

「はい。わかりました……お言葉に甘えます」

「いい子だ」

頭にのせられた彼の手はルディの頭の上で何度か跳ねた。その手が頭に触れるたび、ルディの胸がなぜだかきゅっと締めつけられるような気がした。

「それに今日はきみの誕生日だっただろう？　せめてプレゼントさせてくれないか」

誕生日、とラフェドの口からその言葉が飛び出してルディは驚いた。

そうだ、今日は誕生日だった。毎日があまりに楽しくて、すっかり忘れていた。雇われたときに交わした誓約書に誕生日を書いたが、まさかそれを彼が覚えていてくれたなんて思ってもみなかった。

突然のサプライズにルディは目を丸くする。

「あ……ありがとうございます。僕……誕生日を祝ってもらえるなんて思っていなくて」

ここ何年も誕生日など誰かに祝ってもらったことなどなかった。だからよけいにラフェドの言葉がうれしい。

「十八歳、もう大人だ。おめでとう、ルディ」

ラフェドに祝われ、目頭が熱くなる。

滲《にじ》んだ涙をラフェドはそっとハンカチで拭《ぬぐ》ってくれたのだった。


結局、仕立屋で普段着とよそゆき、さらにどうしてか夜会用の服まで作ることになり、ルディは店のお針子に身体《からだ》中の寸法を測られてしまったのだった。

「さて、次は靴か」

仕立屋を出ると、次は靴屋、と通りを歩いていく。

するといきなりルディのお腹がぐーっと鳴った。

突然お腹の虫が鳴り出して、ルディはパッと顔を赤らめる。さすがにラフェドの前で鳴ったのは恥ずかしかった。

「なんだ、腹が減ったのか」

「すみません……ちゃんと朝食は食べてきたんですが」

朝食はしっかり食べてきたつもりだった。どうしてこんなところで、とルディは恥ずかしくて穴があったら入りたい気持ちでいっぱいになる。

「きみの腹時計は正しいな。もう昼になっている。それじゃあ腹が減るのも仕方ない。靴屋の前に食事をしようか。ちょうど近くにいい店がある」

ラフェドはルディの手を引いて、大通りを一本外れた、あまり人通りの多くない通りへと足を向けた。

ルディはされるがままにラフェドについていく。しばらく歩いていくと、彼はあるところで立ち止まった。

そこは《白鹿亭《はくしか》》という名の年季の入った看板が掲げられている店だった。

「ここだ」

それは爵位を持つラフェドにはとても似つかわしくないような店だと思えた。というのも、いかにも庶民的な店で、店の中から大きな笑い声が絶え間なく聞こえてくるようなところだったからである。

ルディが目をぱちくりさせていると、ラフェドはにやりと笑ってみせる。

「ここの飯はうまいぞ。さあ、入れ」

ラフェドが店のドアを大きく開けて、ルディに中へ入るように促した。

そしてルディが店の中に一歩足を踏み入れたとき——。

「いらっしゃーい！」

ひときわ大きな声がルディに向けて発せられた。その声の大きさに驚いていると、ラフェドがおかしそうに笑う。

「ナーヤ、あまり連れを驚かせるな」

そう言って店の中にずんずんと入っていった。

「おや、ラフェド様じゃないの。随分ご無沙汰《ぶさた》してたけど、元気にしてたかい」

はじめにルディへ声をかけたのは恰幅《かっぷく》のいい女性で、ラフェドへ気安く話しかけている。

「ああ、元気さ。今日は街まで来たんでね、この子になにかうまいものを食わせてやってくれ」

ラフェドがルディのほうを向きながらそう言った。

すると、ナーヤと呼ばれた恰幅のいい女性はにこにこと笑いながらルディを見る。

「珍しいこともあるもんだ。ラフェド様がこんな可愛《かわい》い子を連れて街歩きかい。浮いた噂もなかったけど、あんたも隅におけないねえ」

「なにを勘違いしているのか知らんが、この子はうちで預かってる子だ。俺の身の回りの世話をしてもらっている」

「おや、そうだったのかい。すごくきれいな子だし、あんたが連れ回すなんてはじめてだろ？　だからあたしゃてっきりあんたのいい人かと思ったよ」

そう言いながらナーヤはニヤニヤと笑う。

ラフェドはナーヤの言葉を聞いて肩を竦《すく》めていたが、ルディは彼女の誤解だとわかってもなんとなくうれしくなってしまう。ラフェドの側《そば》にいてもふさわしくないと思われないことにホッとした。

「いいから。くだらんことを言っていないで、早くなにか食わせてくれ。俺もこの子も腹が減ってる」

呆《あき》れたようにラフェドが言うと、ナーヤは「はいはい」と笑いながら奥へ引っ込んでいった。

「うちのコックも料理自慢だが、ここの料理も負けず劣らずうまくてお薦めだ。――うん、ここでいいな。ルディ、ここに座れ」

「あ、はい。……あの、ラフェド様はよくこちらのお店に……？」

貴族であるラフェドと実に庶民的なこの店の接点がわからず、ルディはついぽかんとしていたが、席につくように言われておとなしく座る。

「そうだな。最近は一年のうち都に来たときに一度か二度立ち寄る程度になってしまったが、昔……俺がルディくらいのときには都での生活が嫌で、屋敷を抜け出してよく来ていたのだ。俺はどうにも窮屈なのが苦手でな。その点、ここは皆が俺を貴族だとかなんだとかという色眼鏡《いろめがね》で見やしないから気が楽で……好きな場所だ」

昔のことを思い出していたのか、ラフェドはどこか遠くを見るような目をし、懐かしそうに語る。

都の暮らしは性に合わないと以前にも言っていたが、そんな過去があったとは。

ルディはラフェドの少年時代を想像する。

きっと、今以上に歯に衣着《きぬ》せない物言いだったり、自分に正直に過ごしていたのだろうな、となんとなく微笑《ほほえ》ましく思ってしまった。

そのとき横からナーヤが「はいよ」と割って入ってくる。

「白鹿亭特製、牛の胃袋と豆のシチュー、それからひき肉とジャガイモの包み揚げだよ。ひと口食べたらほっぺたが落っこちちまうくらいうまいからね！」

そう言いながら、二人分のシチューと大きな皿に山と盛られた揚げ物をドン、ドンと豪快にテーブルに置いた。

どの料理もいい匂《にお》いがして、空腹のルディにはとても魅惑的だ。

「わあ、おいしそう！」

「たんと召し上がれ。ラフェド様は昔からこのシチューがお気に入りだったんだよ。はじめてこの店にやってきたときにこれをこーんな大きな皿いっぱい食べちまってねえ」

ナーヤはルディに両手で大きな円を作ってみせる。そのくらい大きな皿ということなのだろう。

「それからもうかれこれ十年近くなっちまったけど、こうやって顔を見せてくれるのはうれしいよ。それに今日はなんといっても、こんなに可愛い子を連れてきてくれたんだしね。名前はなんていうの」

「ルディです」

「そう、ルディね。足りなかったら遠慮しないで言うんだよ。あ、でも今度は甘いもののほうがいいかねえ。ちょうどオレンジケーキを焼いたところだったんだよ。オレンジケーキも食べていきなさい」

忙《せわ》しなく話をするナーヤの言葉を理解しようとして目が回りそうになりつつも、ルディはそれがとても楽しいと思っていた。

ナーヤが話をする途中でラフェドがこそこそと「うるさい人だがいい人だ」と耳打ちしてくるのも普段ではあり得ない。なんだか今日は幸せな日だとルディは楽しい気持ちでいっぱいになった。

「冷めないうちに食べなさい。ナーヤが言うとおり、このシチューは天下一品だ。誕生日の食事がこれで申し訳ないが、俺の気に入りということで勘弁してくれ」

「なにをおっしゃるんですか。すごいごちそうです。うれしい」

「そうか、それならよかった。さあ、遠慮しないで」

ラフェドの勧めにルディは、はい、と返事をしシチューを口に運んだ。

「おいしい……！」

思わずといったようにルディは声を出した。それほどおいしかったのだ。

おそらくとても時間をかけて煮込まれたのだろう、トロトロに蕩《とろ》けるほど柔らかくなった牛の胃袋と、豆のほっくりした味わいが身体にじんわりと染みる。トマトをたくさん使っているのだろうが、煮込まれているうちに独特の酸味もすっかり丸くなり、牛と豆の旨《うま》味《み》がこの汁の中にぎゅっと詰まっている。たくさんの野菜も入っているようで、実に複雑な味に仕上がっていた。

確かにこれは大きなお皿いっぱいでも食べられそうな気がする。

また揚げ物もホクホクしたジャガイモによく味のつけられたひき肉が混ぜられ、それを薄皮で包んで上げているのだが、それも心までほっとするようなやさしい味でまったく飽きない。それに揚げ物にかかっている甘酸っぱいソースがまたアクセントになっておいしい。

「この料理は屋敷では食えないからな」

ラフェドがにやりと笑う。その顔がまるっきりいたずらっ子のそれで、ルディはこんな立派な大人の男性を「可愛い」と思ってしまった。

「すごくおいしいです、ナーヤさん」

素直に食べた感想をルディがナーヤに伝えると、彼女は「でしょ？」とにっこりと笑う。その笑顔が明るく、太陽みたいだな、とルディは思った。

きっとこのナーヤの笑顔を見たくて、ラフェドはここに通っているのかもしれない。窮屈なことが苦手だと言っていた彼はこの大らかな食堂の自由な雰囲気が眩《まぶ》しく見えるのだろう。

（僕も……この店が好きだな……）

ぺろりとシチューを平らげ、揚げ物もいくつも食べ、ルディはすっかりお腹いっぱいになってしまっていた。

「もうお腹いっぱい、って顔してるけど、そのお腹にケーキの入る隙間《すきま》はある？」

ナーヤがウインクしながら聞いてきた。

「大丈夫です！」

確かにお腹はいっぱいだけれど、この店のオレンジケーキは絶対に食べてみたい。

そう思いながら答えた声が思いのほか大きくなってしまう。

しまった、と思っているると目の前にいるラフェドがクスクスと笑った。

「……そんなに笑わないでください」

恥ずかしくて穴があったら入りたいと思いながら、じっとラフェドを見る。すると彼はルディの頭をぽんとひとつ叩《たた》いた。

「いや、悪かった。そんなふうに大きな声も出せるんだな、と思ってな。いつもそうして明るい顔をしていろ。ここが気に入ったのならまた連れてきてやろう」

それを聞いてルディは自分がこれまであまり大きな声を出していなかった、と思い当たった。

両親が生きていた頃は毎日大声で笑って、たくさんおしゃべりをしていたのに、今は誰かと他愛《たわい》ないおしゃべりすらほとんどしなくなってしまった。

毎日その日を過ごすだけで精一杯で、こうやって腹の底から声を出すこともなくなってしまったのだ。

「今日は街に連れてきてよかった。こうして楽しそうな顔も見られた。どうだ、少しは気分転換になったか」

ラフェドは笑いながら聞く。

「はい……！　すごく楽しいです。ありがとうございます」

「それはなによりだ。きみはよく働くし、一度も俺を含めて皆に嫌な顔ひとつ見せたことがない。ハンスが可愛がっているのもよくわかる。俺も――」

そんなふうにラフェドが言いかけたところでナーヤがケーキの皿をテーブルの上に置いた。

「さあさ、オレンジケーキだよ。お茶に蜂蜜《はちみつ》はいるかい？」

「ああ、もらおう。オレンジケーキは久しぶりだな」

「そうだろう？　今年のオレンジは出来がよくてね、味がとても濃いんだよ。だからこのケーキは絶品だからね。食べないと損ってもんさ」

ラフェドとナーヤがそんな会話をしているのを見ながら、ルディは彼がさっき言いかけた言葉はなんだったんだろう、とちょっとだけ気になった。

とはいえ、フラウミュラーの家を出てすぐ働く場所を求めてさまよっていたときに出会ったのがラフェドでよかった、とルディは思う。

フラウミュラーの家で文句と嫌みを言われていた頃とは違い、とても気分が清々《すがすが》しい。

甘酸っぱく爽《さわ》やかなケーキの味はまるっきり今のルディの心の中と同じだった。

白鹿亭を出た後、靴屋で靴を見繕ってもらった。

その後、屋敷へ戻ることになったのだが、約束の時間になっても馬車が迎えにこずにいる。

「ルディ、ここで待っていろ。俺はちょっとその辺まで様子を見てくる」

ラフェドにそう言われてルディは「わかりました」と答えた。

買い物をした中で鞍など大きな物や他の荷物の多くは、馬車がやってきてからそれぞれの店に取りに行くつもりだったが、いくつかの小さな荷物はルディが抱えている。

噴水のある広場のベンチに座ってラフェドを待っていたときだ。

「よお、可愛い子ちゃん。俺らと遊ばねえ？」

ニヤニヤと気色の悪い笑みを浮かべた若い男が数人、そう言いながらルディの側に近づいてきた。

「い、いえ……すみません。僕のご主人がこれから来ますので」

追い払おうとしたが、男たちはまだニヤニヤと笑ったまま引き返そうとしない。それどころか、さらにルディに近づいてくる。

「へえ、あんたオメガか」

くんくん、と鼻を動かしルディの身体の匂いを嗅《か》ぎながら男のひとりはそう言った。

「マジでオメガかよ……！　俺さあ、まだオメガとヤったことねえんだけどさ、オメガってヤバいっていうじゃん。発情したらずっとヤってんだろ。ちょっと試してみてえな」

ククッ、と喉《のど》を鳴らし、舌なめずりをしながら男がルディの横に腰かけた。

噴水の周りにはたくさんの人が歩いているが、ルディが妙な男たちに絡まれても、助けようとする気配はない。それどころか、関《かか》わり合いになりたくないとばかりに、遠ざけている。

「俺らと来たらいい思いさせてやるぜ？　ちょっとおまえの身体貸してくれるだけでいいんだ。なあ？」

男はそう言いながら、ルディの肩に手を回そうとする。

「やめてください！」

ルディはその手を振り払う。すると男は逆上し、ルディの頬を平手で張った。

「――――っ！」

ひどい痛みを頬に覚える。ジンジンと痺《しび》れるような痛みに加え、熱を伴ったように頬が熱い。

怖い、と思った。

このまま自分は彼らになにかされてしまうのか。理不尽な暴力をふるわれ、ルディは恐怖に震える。

　フラウミュラーの家でグレゴールやサビーネにぶたれたことはあったが、これほどの恐怖を覚えたことはなかった。

「おいおい、人がちょーっと親切にしてたらいい気になりやがって。いいから来いッ」

「やだッ！」

　男がルディの肩を摑《つか》み、それを拒んだそのときだった。

「どこに行くというのかね？」

　聞き慣れた声がする。

　ルディが顔を上げると、目の前には頼もしい姿。

「ラフェド様……！」

　すんでのところで助かった、とルディはほっと胸を撫《な》で下ろした。

　だが、男たちはラフェドの姿を見ても立ち去る様子はない。それどころか、男のうちひとりがラフェドへと近づいていく。

「あんたがこいつのご主人ってヤツ？」

「ああ、そうだが」

　男はラフェドへ向かって「ふうん」と不躾《ぶしつけ》な視線でじろじろと眺め、それから口を開いた。

「なあ、こいつ俺らにくんない？　金なら払うからさあ」

ニヤニヤとしながら、男はポケットからナイフを取り出した。おそらく脅しの目的で出したナイフだが、ラフェドはそんなものには目もくれないでいる。

「願い下げだな。大事な子をおまえらのようなものにくれてやる道理はない」

ラフェドは斬《き》って捨てるようにそう答える。

ルディはそれを聞きながらラフェドが自分のことを大事と言ってくれたのをうれしく思う。こんなときに不謹慎かと思うが、たったその一言がルディを喜ばす。

だが、男のほうは断られてもなお、ラフェドへ絡むのをやめなかった。

「なんだなんだ、俺たちのことを知らないのか」

「知るはずがないだろう」

「あのさあ、俺の家はロッドハルトなわけ。つまり子爵家。そんな口をきいていいのかよ」

どうやら貴族のドラ息子たちのようである。貴族という権威を笠《かさ》に着て、こうして好き放題していているらしい。そして周りの者は諫《いさ》めることもできずにいるらしかった。

いくらドラ息子とはいえ、貴族の嫡子にまかり間違って傷をつけてしまえば、自分たちの身が危うくなってしまう。保身に回って、なにも言わずにいるようになるのは当然と言えた。そのためこの男たちは増長しているのだろう。

「それがどうした」

「へえ、あんたビビんないんだ。面白え。そういうの久しぶり。なあ、どうせあんたもこいつを毎晩ヒーヒー言わせてんだろ！　あんたばっかりいい思いしてさあ。オメガなんてなかなかお目にかかれねえんだよ。俺たちに少し貸してくれてもいいじゃねえか。なにもタダで、って言ってるわけじゃねえし、ちょっとくらい俺らにもいい思いさせてくれよ」

猫なで声でラフェドを説得しているようだったが、ラフェドはじろりと男を一瞥《いちべつ》し、こう言った。

「クズめ」

けんもほろろな彼の態度に頭に血が上ったのか、男はナイフをラフェドへ向けた。

「はあ？　ざけんじゃねえよ！」

ナイフはラフェドの顔面を斬りつけようとする。だが、ラフェドはこともなげにそれを躱《かわ》すと、手刀で男の手首を打ち、ナイフを地面に落とす。さらにそのまま男の手首を摑んで後ろ手に捻《ひね》り上げる。それは目にも留まらぬ速さだった。

「いてえええええっ」

男は痛みに悶絶《もんぜつ》している。

するとルディの肩に手をかけていた男が「てめえっ」とラフェドのほうへ向かっていった。

「いい気になるなよ」

男はラフェドへ凄《すご》んでみせた。だが、そんなものに動じるラフェドではない。ふん、と鼻を鳴らして相手にもしなかった。

「いい加減にしておけ。おまえたちでは束になっても俺には勝てぬ。さっさとこの場から立ち去ることだ」

「はあ？　ざけんな！　おまえこそ怪我したくなかったらあっちに行ってな」

いよいよ苛《いら》ついた男は「見てろ」と言い捨てるや否や、魔法の詠唱をはじめた。

男は魔法が使えるらしく、周りにいた仲間の男たちはこそこそと「あの魔法の威力を知らないからあんな態度でいられるんだぜ。ざまあ」とどこかにやついた顔をしている。

どうやらこの男はそこそこ威力のある魔法を使えるらしく、それが自慢でもあるらしい。

そしてラフェドに向かって打たれたのは火球。リンゴくらいの大きさの火の玉を何発か続けて打ち放った。

おそらくこういった攻撃魔法に慣れていない市井の人間なら、男が打ったくらいの火球の攻撃もひどく恐ろしいものに映っただろう。しかしラフェドにとっては子どものお遊び程度のものでしかない。

火球の攻撃を呆気《あっけ》ないほどに打ち消し、平然としている。

それが男の気持ちを逆撫でしたのか、さらにやけになって火球を四方八方に打ちはじめた。そのあちこちに飛んだ火球は道行く人々へ向かっていく。

それを見たラフェドは男へ一喝した。

「愚か者め。魔法はそんなことに使うものではないっ」

言いながら、火球をすべて打ち消す。

そしてじろりと男を見据えた。

「火球が自慢のようだが、その程度のちゃちなもので俺を黙らせられると思ったら大間違いだ。いいかよく見ていろ、魔法というのはこういうふうに使うものだ」

言うなり、ラフェドは男の目の前に雷をひとつ落としてみせた。

ドンッ、と空気すら切り裂くような轟音《ごうおん》とともに、あたりが光ったかと思うと地面が焼きつく。

その凄《すさ》まじい威力に男たちは瞬《まばた》きもできず、口をだらしなく開けたまま立ち尽くしていた。

「え、詠唱もなしに……あんな……」

情けない声を出しながら、火球を放った男は腰を抜かしてその場にへたり込んだ。

「俺をラフェド・クラウゼと知っておまえたちは喧嘩《けんか》を売ってきたのだろう。やり返すならさっさとやり返すがいい」

その言葉を聞いた男たちの顔面がさっと青ざめた。

「ラ……ラフェド・クラウゼだって……!? エネリアの鬼神!? マジかよ……! お、俺は知らねえぞ！」

そう叫んで仲間のひとりが慌てて走って逃げ去った。

他の男たちも茫然《ぼうぜん》としたまま、恐怖に震えている。

「立ち去れ！」

ラフェドの一言で、男たちはすべて蜘蛛《くも》の子を散らすようにその場から逃げ去ってしまう。ルディはラフェドが魔法を使うところをはじめて見たが、男たち同様に驚いていた。

「大丈夫か」

声をかけられて、ようやくそこでラフェドの顔をまともに見た。それはさっきまでの厳《いか》めしい表情ではなく、今日一緒に白鹿亭で食事をしていたときの柔らかい顔つきでほっとする。

「はい、ありがとうございました。……すみません、僕が隙を見せてしまったばかりに」

ルディが言うとラフェドは「謝るのは俺のほうだ」と言う。

「ああいった輩《やから》がいることをつい失念していた。きみをひとりにして悪かった。怖かっただろう？」

ここで首を横に振ることは簡単だった。けれど、あのおぞましいような恐怖を忘れることができず、こくりと頷《うなず》く。

「本当に悪かった。……もしかして、ここはあいつらに？」

ラフェドはルディの頬の赤みに気づいた。

ひどく強い力でぶたれたせいで、どうやら顔が腫《は》れていたらしい。ルディの頬にラフェドの手が触れる。その手の感触はとてもやさしいものだった。

「ちょっとだけです。大丈夫ですから」

ルディが答えるとラフェドの顔つきが厳しいものに変わる。

「なんということだ……！　クソッ、もっと痛めつけておけばよかった」

悪態をつくラフェドにルディは「平気です」と重ねて言った。

「びっくりしただけで……本当に大丈夫ですから」

「しかしこんなに腫れて……早く屋敷に帰ろう。馬車がそこで待っている」

ルディの持っていた荷物をラフェドは「それは俺が持とう」と手にしてしまった。

「歩けるか」

「はい。そんなに心配なさらないでください」

「心配くらいさせてくれ。俺は今ひどく自己嫌悪に陥っているのだからな」

「そんな……でも、ラフェド様はあの人たちをあっという間に蹴散《けち》らしてくださいましたし、本当になにもなかったから」

「そう言ってくれるな。きみを守るのは当然のことだ。いいか、もしまた同じようなことがあったら大きな声を出せ。俺はいつでもきみを守ってやろう」

いいね、そう言いながら見つめてくるラフェドにルディは胸が苦しくなる。

自分は彼の従者であり、彼は主として従者を守らねばならないと言っていることはわかっている。それがどうしてかうれしくてせつない。

ラフェドという人は一見愛想はないが、いつでもルディのことを思いやってやさしくしてくれている。本当はとても心のやさしい人なのだ。

——旦那様はとても愛情深いお方ですから。

以前ハンスが言っていたとおり、少しわかりにくいところはあるが、一度懐に入れた人はとても大事にする。

何度も、何度もこの人に助けられた。

いつも信じられないようなタイミングでルディを絶望の淵《ふち》から引き上げてくれる。

自由を愛し、緑を愛している情の深い人――。

ラフェドのことを思うだけで心が熱くなり、甘いものでいっぱいに満たされる。

この感情のことをなんというか、誰も教えてくれなかった。

けれど、この感情が恋というものだとルディにはわかってしまう。

家を出なければ、自分の中に生まれたこの宝物のような純粋な思いに気づくこともなかっただろう。

(ラフェド様のことが好き……)

けれど、自分の中の気持ちに気づくと同時に、この恋心はけっして知られてはいけないとルディはそっと胸の裡《うち》にしまい込む。

今の自分はただの使用人で、こんな気持ちを知られたら、せっかく得た大切な生活もなにもかも失ってしまう。お情けで彼の屋敷に雇われただけの人間が邪《よこしま》な気持ちを抱いてはいけないから。

(この人の側にいられるだけでいい……側にいられるだけで)

帰りの馬車の中で行きどころのない気持ちを抱えながら、ルディはそっとラフェドの端整な顔を盗み見る。

この人の鳶色《とびいろ》の瞳《ひとみ》に映る相手はきっとすぐにやってくるはずだ。

それまでこうしてときどきは見つめていてもいいだろうか。

ガタゴトと揺れる馬車はまるで自分の落ち着かない気持ちのようだ、とルディは思った。


ラフェドへの恋心を自覚してから、ルディは自分の気持ちをコントロールするのに忙しくしていた。

なにしろ油断すると、目がラフェドを追ってしまうため、懸命に仕事に打ち込み、気持ちを鎮めていたのである。ただ、そんなところがハンスやラフェドには根を詰めていると思われたのか、「忙しく働きすぎだ」と諫められることもあった。

それでも――。

仕事の後、自分の部屋でルディは遅くまで起きているようになった。

というのも、

「えっと……イニシャルの色はどうしようかな……やっぱり赤がいいよね」

リネンのハンカチにルディは刺繍《ししゅう》を施していた。

先日、街で助けてもらった礼をラフェドにしたいと思ったが、使用人である自分ができることはない。

だったら、せめて彼のために役に立つことをしたいと思ったのだ。

自分の細工に加護が宿るというのなら、これをお守り代わりにしてもらおうと考えた。

ハンカチなら持っていて邪魔ではないかな、と考えに考えた末に決めたのだ。

夜も更けて、屋敷の中は随分と静かだ。窓の外からはどこか遠くで鳴いているふくろうの声だけが響いている。

そんな中、ルディは作業に集中していた。

ルディがあてがわれているのは、一番奥の部屋で、少し遠いし、やや不便ではあるが、ここなら万が一ヒートになっても皆に迷惑をかけることはない。

それになんといっても、この部屋には大きな出窓があった。

そして出窓には夜空が広がっている。

大好きな星空がここでも見られるのだ。

今日も星がきれいに瞬いている。

（お願いします。これでラフェド様を守ってください）

星空にそう念じながら、一針一針心を込めてハンカチに針を刺した。

ハンカチは出入りの小間物商からこっそり分けてもらった。実はまだここに勤めて間もないルディの給金ではあまり上等のリネンは買うことができなかったのだが、無理をしても仕方ない。自分の身の丈に合うものに精一杯の心を込めることにした。

幸運のモチーフである四つ葉のクローバーとラフェドのイニシャルを刺繍する。

毎晩、仕事の後に少しずつ進めているが、まだ終わらなかった。

けれどこんなふうに誰かのことを思ってなにかをするのが、こんなにも幸せなことだとは思ってもいなかった。

ラフェドを守ってほしい、という願いと、それから自分の恋心をこの糸にそっと込める。

このハンカチを渡したところで、自分の気持ちに彼が気づくことはない。

だけど、それでよかった。

それ以上の気持ちは誰にも――けっして知られたくなかった。

Ⅶ

そんなある日。

「やあやあ、ルディくん。元気にしていたかね」

シモンが賑《にぎ》やかに屋敷を訪れた。

エントランスホールで出迎えたルディにそう声をかける。

また相変わらず陽気な彼はルディだけでなく、誰彼なく皆に話しかけていた。はじめて会ったときとまるで変わらない彼の姿を見て、ルディの気持ちも明るくなる。

「はい。おかげさまで毎日楽しく過ごしています」

笑って答えると、シモンもにっこりと笑う。

「うん、顔を見ればわかるよ。顔色もいいしそれにまた少しふっくらしたようだ。なによりその笑顔がいいね。可愛い子ちゃんにますます磨きがかかった」

「シモン様……！　冗談はやめてください」

「おやおや、冗談だと思ったのかい？　私は本当のことを言っているだけだよ。きみは元々とてもきれいな顔をしているからねえ。金色の髪に大きなエメラルドのような美しい緑色の瞳、それ薔薇色《ばらいろ》の頰——笑顔なんて見せたらそこいらの者はイチコロだろうよ」

そう言って彼はルディにウインクをしてみせる。

シモンの歯の浮くような褒め言葉が気恥ずかしくて、顔を赤くしてしまう。

「いや、本当に可愛いねえ。いまどき、きみのような純情な子は珍しいくらいだよ。さて、我が親友のラフェドはいるかい?」

そうシモンがルディに聞くと、

「誰が誰の親友だって?　さっきから、うるさいと思ったらシモンか。うちの子をあまり揶揄《からか》わないでくれないか」

階段の上からラフェドが呆れ顔を作ってシモンにそう言った。

「揶揄うなんてとんでもない。きみはルディくんの顔を毎日見ているから見慣れているのかもしれないが、はじめて会ったときとは雲泥の差だよ。これほどきれいな子をこんな屋敷に押し込めておくのはもったいないと思わないか?」

「ごたくはいい。いったいおまえはなにをしにきたんだ」

はあ、と大げさに大きな溜息《ためいき》をついてラフェドはシモンに聞いた。

シモンは大仰に両手を大きく広げて、階段の上にいるラフェドに向かって口を開く。

「なにしに、とはご挨拶《あいさつ》だね。そのぶんだと今日は我が家で夜会を開くことを忘れていたと見える」

「別に忘れちゃいないさ。こんな朝っぱらになにしにきたと言っている。まさかもう迎えにきたわけじゃないだろう」

「きみを迎えにきたわけじゃないよ。今夜はルディくんもどうかな、と誘いにきたんだよ」

いきなりシモンの口から自分の名前が飛び出して、ルディは驚いた。

目を丸くしているとシモンがにっこりと笑って、ルディへ視線を寄越す。

「ここで働いているとはいえ、元々ルディくんはフラウミュラーの嫡子だろう？　それなのにまだ社交界デビューもしていないときた。それはよくない。そう思わないか？」

シモンの言葉にルディは思わず口を開いた。

「シモン様……！　僕はもうフラウミュラーの家を出ているのですから。縁も切られていますし、ただの従者である僕が夜会だなんて」

とんでもない、と言うとシモンは首を横に振った。

「縁を切られているわけではなさそうだよ。というか、まだきみはフラウミュラーの家の嫡子であることに間違いない。私はちゃあんと調べているのだからね」

それを聞いてルディは、え、と思った。

てっきり、とうに自分はフラウミュラーの家から絶縁されていると思っていたからだ。

困惑していると、シモンがさらに続けた。

「まだきみの叔父上《おじ》は正式にフラウミュラーの当主ではないんだ。正式には貴族院で承認を取る必要があるが、議会がはじまるのはこの夜会シーズンの後半でまだだしね。正式な手続きが踏まれていない以上、まだきみはフラウミュラーの嫡子だということだ」

そうだったのか、とルディはシモンの説明に納得した。

「どう？　これを聞いて家に帰りたくなったかい？」

聞かれてルディは首を横に振った。

「いえ……叔父が当主になるのは貴族院の意向でもありますし、いまさら戻っても追い返されるだけですから。それに僕がいたらいとこのサビーネの縁談もうまくいかなくなるでしょうし」

そこまで言うと、サビーネとマルティンの二人のことを思い出しても、もう胸が痛くないことに気づいた。少し前なら、なんとなく気が晴れなかっただろうけれど、今はなんとも思わない。

それもラフェドのおかげだ、とルディは盗み見るようにラフェドへそっと視線をやる。

こうして側にいられるだけで幸せなのだから。

「なるほどね。まあ、それはいいとして……さっきも言ったとおり、ルディくんも社交界デビューしてもおかしくはないのだからね。十八歳になったのだろう？　今のうちにお歴々に顔見せしておかないと。なあ、ラフェド、おまえもそう思うだろう？」

シモンに水を向けられたラフェドはなにか考え込んでいるようだった。

いくらかの間があって、ようやく顔を上げたラフェドはルディの顔を見て口を開いた。

「……まあ、シモンのところならいいだろう。せっかく貴族の家の出なのだから、少しくらいそれらしい場所にも行っておいたほうがいい」

ラフェドの言葉を聞いたシモンはパチリと指を鳴らす。

「よし、決まり。それじゃあ、きちんとおめかしするんだよ？　今夜待っているからね。いやあ、きみを皆に紹介できるのが楽しみだねえ」

では、とシモンはそう言ってあっという間に立ち去っていった。

まるで嵐《あらし》のようだな、と思いながら、ルディはシモンを見送る。

シモンの馬車の音が聞こえなくなったところで、ラフェドとハンスがルディの側にやってきた。

そうしてラフェドはルディの腕を摑む。

「ハンス、ルディを任せたぞ。フラウミュラーの当主といってもおかしくない格好に仕立て上げてくれ。ちょうど仕立てた服が届いた頃だろう」

先日外出した際に作った夜会用の服がこんなところで役に立つとは。と思ったが、もしかしたら案外こんなこともあることを、ラフェドは見越していたのかもしれない。

「かしこまりました、旦那様。わたくしが腕によりをかけて、ルディを磨き抜いてみせますとも」

なぜか張り切っているハンスに、ルディはあれよあれよという間に連れ去られてしまったのだった。

「これはこれは」

ヘルフルト邸へ到着したルディとラフェドを出迎えたシモンが、驚いたように目を丸くしていた。

「いや、これは美しいね。なあ、ラフェド」

感嘆の息をつきながら、シモンはじろじろとルディを頭のてっぺんからつま先までを眺め見る。

「なんだ、鼻の下が伸びているぞ。まあ気持ちはわかるがね。ルディくん、きみの保護者が狼《おおかみ》になる日が近いようだよ」

「シモン！」

「いいじゃないか。きみたちはお似合いだと思うよ。ラフェドもまんざらでもないんだろう？　ルディくんのことを可愛いと言っていただろう？　おまえがそんなことを言う日がくるとはねえ」

シモンがニヤニヤと笑う。

そんなことを言っていたのか、とルディはパッと頬を染めた。

「いい加減にしろと言ってる。これ以上俺を怒らせたいか」

ラフェドはむきになってシモンに食ってかかる。

「ルディくん、気をつけたまえよ。こいつはムッツリだからね。いつ襲ってくるかわからんぞ」

ははは、といつものようにシモンは高笑いする。

シモンの言葉にルディはラフェドにならと、ちょっぴり思ってしまう。

（ラフェド様になら……僕は……）

「さあさあ、せっかくきれいにしてきたんだ。みんなに見てもらいなさい」

ルディはハンスが腕によりをかけて、と言ったとおり、薔薇水の入った湯船に放り込まれ、さらに薔薇の香りのする香油を身体の隅々まで擦り込まれた。髪の毛は馬毛のブラシで時間をかけてブラッシングされ、爪《つめ》をやすりで整えられる。

そして仕立て上がったばかりの夜会服を着せられ、おろしたての靴を履いて馬車に乗せられたのだった。

フラウミュラーの家にいた頃ですら、こんなにめかし込んででかけたことはない。やはり夜会というのが特別な場所だとルディは実感した。

（そういえば、前にサビーネが夜会のために母様のものをあれこれ物色していたっけ。扇子が修理できていないって、ごねたこともあったな……）

彼女もおしゃれに一生懸命だったのだと思えば、あの必死さも納得がいく。

「では、今日は私がきみをエスコートしようかな」

そうシモンが言いながら、ルディの手を取ろうとすると、ラフェドが横から遮った。

「おまえなどにルディのエスコートを任せるわけにはいかん」

じろりと睨《にら》むようにしながら、ラフェドはシモンにそう言い、ルディの手を取る。

「行くぞ」

ラフェドに手を引かれる。

「おやおや、これは」

クスクスと笑うシモンの声を耳にしながら、ルディは屋敷の中へと向かったのだった。


大広間に進むとルディへ一斉に視線が集まった。

そして人々はそれぞれなにやら囁《ささや》き合っている。こういう視線に慣れないルディはどうしたらいいのかわからず、ついラフェドを見てしまう。

「気にするな。あれは俺に同伴者がいることが珍しいだけだ」

そう言われても、気になるものは気になってしまう。

ルディも慣れないせいで、あたりをきょろきょろと見回してしまい、どうも落ち着かずにいた。

「これはこれは、クラウゼ卿ではありませんか」

ニヤニヤとじっとりした笑みを浮かべながら近づいてくる男がいた。

ラフェドはその男のほうを見ると、小さく溜息のような息を吐く。どうやらあまり得意な男ではないらしい。

「その節は、我が国の軍が大変世話になったようで」

「ええ、まさかシルジナとヴァルモンディアが共闘してくるとは思いませんでしたよ、シルジナのアグレル卿」

ラフェドがいつもの仏頂面でつっけんどんにそう答える。

シルジナやヴァルモンディアという国の名を聞いて、ルディはラフェドとそして会話をしているアグレルという男の顔を交互に見た。

シルジナやヴァルモンディアとエネリアは現在敵対していると聞いている。先日、ラフェドが遠征したのもこれらの国との戦いだと聞いた。

そのシルジナの貴族がここにやってきているらしい。

「さすがにエネリアの鬼神、クラウゼ卿でしたよ。こちらは手も足も出なかった。しかし、今度はどうですかね。私たちもみすみすやられるわけにはいきません。おかげで戦力を増強するいい機会になりましたよ。次は見てらっしゃい」

負け惜しみのような言葉をラフェドに吐くが、ラフェドのほうは相手にもしていなかった。

「楽しみにしていますよ。今度は卑怯《ひきょう》な手を使わず、正々堂々戦いましょう」

そう言って、「では」とルディの手を引いてその場から立ち去る。

アグレルの様子が気になりルディが振り返ると、彼は悔しそうに歯噛《はが》みし、ラフェドを睨みつけていた。

「ラフェド様、よろしいのですか」

「なにがだ」

「あの方……ラフェド様をとても睨んでおいででした」

ルディの言葉にラフェドは「ああ」と一言口にすると、「放っておけ。相手にするまでもない」とにべもない言葉を返してきた。

「それより、あちらにシモンの弟君がいる。挨拶をしにいこう」

「はい」

返事をして、ラフェドとともに足を進めたそのときだった。

不意にその場にいたある人たちを見て、ルディの視線が動かなくなり、足が止まる。

「どうした」

ラフェドの声は耳に入らなかった。

「ルディ、どうした」

そこでようやく「あ、はい」と返事をする。が、意識は別のほうに向く。

「もしかしてあれはきみの叔父上か」

ラフェドは様子のおかしいルディの視線の先を見ながらそう言った。

彼の言うとおりだった。

叔父のグレゴールだけでなく、サビーネとそしてルディの元の婚約者であるマルティンもいる。

どうしよう、と思っていると、サビーネがこちらのほうを向き、ルディに気づいたようだった。

サビーネはマルティンとグレゴールになにか一言、二言話し、そしてルディのほうに向かって歩いてきた。

「あら、ルディじゃない」

「サビーネ……その……元気だった？」

ルディが必死な思いでそう尋ねると、彼女はふん、と鼻を鳴らした。

「あんた、なんでこんなとこ来てんのよ」

サビーネはルディの隣に立っているラフェドを不躾にじろじろと見た後で、もう一度ルディに視線を戻した。

「なんだ、結局どこかのお屋敷に飼われることになったわけ？」

小馬鹿にしたような口調が悔しくて、ルディが唇を噛んでいると、横からラフェドが割って入った。

「お嬢さん、そこまでだ。それ以上うちのルディを貶《おとし》めることは許さない」

ラフェドの言葉にサビーネはふん、とそっぽを向く。

「なによ。私はこの子のいとこよ。身内でもないあなたにとやかく言われる筋合いじゃないわ。それよりあなた何者よ、ちゃんと名乗りなさい」

サビーネはラフェドのことを知らないようだった。ただ、知っていたらこんな生意気な口をきくことができたか、とルディは思う。

「これは失礼。ラフェド・クラウゼという者だ」

さすがにその名前を聞いて、サビーネの顔がさっと青くなった。

まさか、つとに有名なエネリアの鬼神に向かって暴言を吐き続けていたとは思わなかったのだろう。

「親戚《しんせき》筋だからなにを言ってもいいということはない。ルディ、構うな」

ルディが小さく頷くと、無視されたとでも思ったのか、サビーネはむきになって背を向けたルディへ「いやらしい」と吐き捨てた。

「オメガって身体で取り入ることができるものね。あんた顔だけはいいし。どんなふうに籠絡《ろうらく》したのよ」

嘲笑《ちょうしょう》しながらひどい言葉をルディにぶつける。さすがにルディも我慢の限界だった。

これ以上サビーネに好き勝手なことを言わせてはおけない。

怒りがふつふつと湧《わ》き上がる。

「籠絡だなんて、そんな言い方はラフェド様に失礼だ……！　僕はなにを言われてもいいけど、ラフェド様の名誉を傷つけるのは許さない。謝って……！　謝れ！」

以前はサビーネにこんなふうに強く出ることはできなかった。だが、今は違う。自分のことならどれだけひどいことを言われようと我慢ができる。でも、ラフェドのことまで辱めるのは我慢ができない。今までこんなにも腹を立てたことはなかった。

「ルディ、もういい。このお嬢さんは言っていいことと悪いことの区別がつかないようだ。そのような者を相手にすることはない」

まるで動じないどころか相手にもしないラフェドの言葉に、サビーネはカチンときたらしい。

「そんなオメガ、拾ったところでどうしようもないわよ。ギフトもないし、無能だもの。ああ、身体がいい、っていうなら別でしょうけど。——ルディ、あんたはフラウミュラーの恥よ。オメガなんて汚らしい」

サビーネは侮蔑《ぶべつ》の眼差《まなざ》しをルディに向けてきた。まるで汚いものを見るような目つきに頭をなにかで殴られたような衝撃を覚える。

そこまで彼女に嫌われていた……オメガというのはそこまでに蔑《さげす》まれる存在だったのか、と。

（どうして……そこまで言われるの……僕はいてはいけないの……）

辛《つら》い、そう思ったときルディは身体の奥からゾクゾクとした寒気のような嫌な感覚を覚えた。

（あ……やだ……）

それだけでなく、ざわざわと肌が粟立《あわだ》ち、息が荒く熱くなりはじめた。

（なに……これ……）

こんなふうになるのははじめてで、ルディは怖くなる。自分が自分でなくなるような気がするが、身体はだんだんと火照《ほて》って、意識も保てなくなりそうになる。

（もしかしてこれが……）

ヒート、というものか、とルディは困惑する。

（いやだ……こんなところで……ヒートになんかなったら……）

ラフェドに迷惑をかけてしまう。早くこの場から立ち去らないと。

なんとかフェロモンを漏らすまいと、ぎゅっと唇を噛んで気持ちを鎮める。

「ラ……フェド様……僕……」

だが、隣にいるラフェドにそう言いかけると、ルディはがくりと頽《くずお》れてしまった。

「ルディ……！」

「だ、大丈夫です……すみません、僕はこれで……馬車で帰るので」

平気、とよろよろとよろけながら、ルディは歩いていこうとした。

「待ちなさい」

ラフェドがそう言ったとたん、ルディの身体がふわりと浮き上がった。身体が彼に抱きかかえられたとわかったのは、彼の顔が近くにあったから。

「大丈夫だ。すぐに帰る」

「で……でも……」

フェロモンが、とルディは心配そうにラフェドの顔を見た。

オメガのフェロモンがアルファであるラフェドに影響しないわけがない。それが証拠に、そろそろ周囲の人たち――半分以上はアルファだ――がそわそわと好色な目でルディのほうへ視線を送っている。

「俺なら平気だ。いいから安心しろ」

「ごめんなさい……ラフェド様、ごめんなさい……」

「謝らなくていい。それより早くここを出よう」

すぐさまルディを馬車に乗せ、ヒートになりかけているその身体をラフェドはいたわるようにそっと撫でた。

馬車を走らせ、屋敷に戻ると、ルディはハンスから薬をもらい急いでそれを水で流し込む。

「ラフェド様……ごめんなさい……台無しにしてしまって……」

ベッドまで運んでくれたラフェドにそう謝りながら、ルディは泣きじゃくった。

「俺は平気だと言っただろう？　それより、大丈夫か」

「薬を飲んだから……ラフェド様ももう出ていってください。僕のヒートに当てられてしまいます……」

ルディの言葉にラフェドは頷いた。

「わかった」

ラフェドの声に続いて、パタンとドアが閉まる音がした。

ルディは毛布をかぶって身体を丸める。

（これがヒート……）

熱くなる身体を持て余しながら、なんとかヒートの症状を押し込めるように自分で自分の身体を抱える。

(薬も飲んだし……きっとすぐに症状は治まる……)

しかし、症状は治まることはなかった。薬を服用したのにもかかわらずますます悪化してくるような気がする。

さっきもラフェドに身体を撫でてもらっただけなのに、それが物足りなくて、あの逞《たくま》しい腕に抱いてほしいと邪なことを考えてしまった。

(やだ……ラフェド様……ラフェド様……)

ルディ自身ではどうにもできないほど、身体の奥から疼《うず》いて仕方がなかった。

自分の吐く息が熱くて、その熱にすら煽《あお》られてしまう。それに身体になにかが触れるだけで、いやらしい声が上がった。

(こんな声が自分の喉から出るなんて……)

嫌だ、とルディは声を出さないようにぎゅっと口を引き結ぶ。

こんな淫《みだ》らな情動なんか覚えたことがなかったのに、とルディは自分の身を自分で抱きかかえながら、泣きじゃくっていた。

身体が熱くてたまらない。どうにかしてこの熱と、疼きをやり過ごそうと何度も何度も身体を捻る。

そのとき思わず下肢に手が触れた。しっとりとズボンの生地が湿っているのがわかった。それだけでなく、そこが膨らんでいる。先ほどから股間《こかん》に痛みを感じていたのはこのせいだったのだ。

「……ん……っ」

とうとうルディは下着の中に手を差し入れた。ルディの性器の先っぽからは先走りの蜜《みつ》がこぼれだしている。すっかりびしょ濡《ぬ》れになっていたせいで気持ち悪くて、ズボンも下着も引き下ろして脱ぎ捨てる。そうして、勃《た》ち上がって濡れそぼる性器を擦《こす》りだした。

「いや……あ……ぁ……、あぁッ」

既にカチカチになっていたそこは、ルディが少し触れただけですぐに射精してしまう。自慰すらろくにしたことがないのに、とルディはこうして性器を擦っている自分が信じられないとさえ思う。

一度の射精だけでは終わらなかった。射精しても勃起《ぼっき》したままのそこに再び指をあてがう。擦っているうちに気持ちのいいところを探り当て、ただひたすら快楽に身を任せる。

だが、慣れてくるとそれだけでは刺激が足りなくなり、空いている手を胸元に忍び込ませた。そうしておそるおそる乳首を弄《いじ》りだす。

そこで快感を得る、など誰にも聞いたことがない。けれど身体はよく知っていた。

「あ……んっ、あ、あん……っ」

乳首に爪を立てると、ジン、と快感が身体の中を走っていく。またその快感を得たくて、ルディはくりくりと乳首を捏《こ》ねたり、つねったり、刺激を求める。

気持ちいいと思うのに……どれだけ乳首を弄っても、激しく性器を扱《しご》いて射精しても、まるで満足できない。

「やだ……っ、やだ……ぁ……っ」

嫌だと思うのにやめられない。触っていなければ頭の中がどうにかなってしまう。

――どうしよう。このままヒートが続いたら。

ヒートの期間はほぼ一週間と言われている。一週間もこのままこうして情欲と戦わなければならないのか。苦しい――。

頭の中はいやらしいことしか考えられなくなり、自己嫌悪に陥りつつ、それでも手を動かさずにいられない。

そのとき、コンコン、とノックの音が聞こえる。

「ルディ、大丈夫か」

ドア越しに声が聞こえた。ラフェドの声だ。

「ラフェド……様……？」

「そうだ。入っていいか」

とんでもない話だ。

こんなにはしたない姿を彼に見られるのは嫌に決まっている。

下半身を露《あら》わにし、胸元まではだけて乳首を捻りながらいやらしい声を上げ、性器を扱いている淫らな自分をラフェドの目にさらしたくはなかった。

「……だめ……っ、……ラフェド様、こないで……ッ」

ルディは必死で叫んだ。

失いかける理性を引き留め、ラフェドへ向かって声を上げた。

「ルディっ」

だが、ルディの必死の制止にもかかわらず、ラフェドが部屋のドアを開け、ルディのベッドまで駆け寄ってくる。

ルディは慌てて毛布をかぶった。

「いけません……っ、ラフェド様っ」

「薬が効かないのだろう？　ヒートがはじめてのときには普通の薬が効かないと聞いたことがある。ハンスを医者のところにやった。新しく出た薬があるというからな。その薬なら効くかもしれない」

ラフェドはそう言いながらルディに歩み寄ってきた。

「こな……いで……っ、見ない……で……」

いやいや、とルディは頭を横に振った。

こんな淫らな自分をラフェドには見せたくない。

けれど、ラフェドの顔を見て、ルディの情欲はますます募った。

疼く身体を我慢できずに、ついラフェドにしがみついてしまいそうになる。本音を言えば、目の前のこの人にこの身体を暴かれたい。

「……辛いんだろう？」

やさしいラフェドの声が耳に届いた。

「俺ではだめか？　きみが苦しむところを見たくないんだ、ルディ」

「どう……して……来たんですか……ダメなのに……僕のヒート……ラフェド様まで……おかしくなっちゃうから……」

もはや言葉にもならない、拙い単語の羅列でルディは訴えた。

「俺はきみが好きだからな」

そう言いながら、ラフェドが毛布越しにルディを抱きしめた。

「ラフェド様……？」

ルディはその言葉を毛布の中で信じられない気持ちで聞いていた。今聞いた言葉は本当だろうか。

「ああ……。ルディ、きみが好きだ。真面目《まじめ》で一生懸命で、健気《けなげ》で。ずっと可愛いと思っていた。だから……色っぽいきみを見て頭に血が上ったのだ。いつまでもここにいてほしい。他の男に取られたくないいとね。……あの場で他のやつらがきみを妙な目で見ていたのが許せなかった」

「ラフェド様……」

ルディはおずおずと毛布から顔を出した。

「俺がきみのそのヒートを鎮めてやる。俺のことは嫌いか？」

それを聞いて、ルディは首を大きく横に振った。何度も、何度も。

「き、嫌いなんて……僕は……僕はラフェド様のことをずっとお慕いしていました……」

どうしてか、涙がぼろぼろとこぼれてきた。

「ごめんなさい……」

「どうして謝る」

「だって……僕なんか……ラフェド様を好きになるなんて」

泣きじゃくりながらルディはそう言った。自分のような者が彼を好きになるなんておこがましい。見ているだけでよかった。小さな恋を抱えているだけでよかった。だからこうして彼が自分のことを好きと言ってくれるのが信じられなくて、申し訳ないような気持ちになる。

「僕なんか、なんて言うな。ルディは俺にとってなにより価値のある宝石のような存在なのだからな」

これでも信じられないか、とラフェドはルディの顔にいくつもいくつもキスの雨を浴びせる。

これは夢なんだろうか。

ヒートで意識が飛びそうになっているから幻覚でも見ているのだろうか。

「夜会のシーズンが終わったら俺の故郷に戻るが、おまえも一緒に行こう。そうすればもうフラウミュラーの家の者とも会わずにすむ、これ以上嫌な思いをしなくていい。どうだ？　一緒に来るか」

やっぱり夢なのかもしれない。

けれどこの幸せな夢にいつまでも浸っていたい。

「……もちろんです……僕はラフェド様のお側にいたい……」

ルディの答えにラフェドは満足そうに微笑んだ。

そして頬にキスをひとつ落とす。

「ルディ……。誰にもきみの身体に触れさせたくないし、俺がきみのはじめてであってほしいと思っている。俺はきみの身体に触れていいだろうか」

ルディが頷くと、ラフェドは唇を重ねてきた。

彼の大きな口から、分厚い舌がルディの薄い唇を割って入る。舌で口の中を愛撫《あいぶ》されて、あまりの気持ちよさに身体の奥から蕩けていく。

「ん……、ぁ……んっ……」

キスがこんなにも官能的な行為だとルディは今まで知らなかった。

舌を絡められ、唇を吸われる。

唾液《だえき》が糸を引いて、キスが終わるとラフェドがじっとルディを見つめていた。

こうやって、この人に見つめられる相手が羨《うらや》ましいと思ったことがある。しかし、今彼が見つめているのが自分だなんて。

「悪いようにはしない……おまえはただ気持ちよくなっていたらいい」

甘い声だ。こんなに甘い声でルディに話しかけてくれる。

こんなふうに、とろりと甘い声を聞くことができるなんて。

その声にルディの理性はぐずぐずに溶けてしまっていた。

憧れてはじめて恋した相手だ。

無愛想で表情もろくに動かさないラフェド。

だけどその彼がこんなふうに甘い声でルディに囁くなんて。

ラフェドがルディの毛布を引き剝《は》がすと、目が合った。

「目を瞑《つぶ》っていなさい」

ラフェドはそう言うと、ルディの身体にゆっくりと覆いかぶさった。


膝《ひざ》を開かされ、ラフェドの手がルディのものを撫で回した。

「……あっ、ああっ……」

元々体毛も薄く、性器の周りもつるりとしている。そこに勃起しきり、先から先走りの雫《しずく》がこぼれている紅色の性器ときたらいやらしいことこの上なかった。

ラフェドの指は彼の無骨さからは想像もできないほど器用に動き、ルディの身体を愛撫する。陰嚢《いんのう》を揉《も》み、先っぽを弄られる。くちゅくちゅと卑猥《ひわい》な音にどうしようもなく興奮しながら、自分の手ではない手でそこを弄られるのはひどく気持ちがよかった。

興奮するとますます身体は敏感になる。

「ん……っ、ぁ、あ……ん」

ラフェドに肌を吸われているその感触にルディは喘《あえ》ぎ、白い喉を露わにする。

彼はルディの白い肌に赤い印を刻んでいく。

「あ、あ……んっ、ぁ……ぁ」

甘えるようなあえかな声を漏らしながら、ルディは腰を揺らした。

「気持ちいいか」

聞かれてルディはコクコクと頷く。

乳首を舌で舐《な》められ、転がされる。もう片方の乳首は意地悪く爪を立てられて、小さな痛みと、甘い疼きとが混在して頭の中が混乱した。

痛くて蕩ける……。

その不思議な感覚はルディの思考を奪い取っていった。

「あぁ……んっ、……んんっ……あんっ」

ラフェドの舌は胸元から下腹部へ移り、さらに彼の熱い息が性器を撫でている。

え、と目を開けると、ルディのものが彼の口の中に含まれていった。

そのいやらしい光景を目の当たりにし、カッと頭に血が上っていく。

「ラフェドさま……っ、それ……っ」

彼の唇が、ルディのものを扱くように吸い上げる。彼の唇と舌の動きに乱れさせられ、ルディはしきりに声を上げた。

「や……ぁ、あっ、ん……っ、んん……」

こんな快感は知らない。

ルディはガクガクと身体を痙攣《けいれん》させ、次から次に襲いくる快感に溺《おぼ》れる。気持ちよすぎてどうにかなってしまう。

激しい快感の坩堝《るつぼ》に放り込まれ、ルディは泣きじゃくった。

「ラフェドさま……っ」

ルディは腰をくねらせて、後ろに感じる疼きをどうにかしてやり過ごそうとする。ここを弄ってほしくてたまらなくなっていた。

ジンジンとそこが痺れている。うずうずしてなにかで擦ってほしくてさらに腰を揺らす。

その動きはきっとラフェドを誘っていたのだろう。

彼の喉がごくりと鳴っていた。

「可愛いよ……ルディ」

ラフェドは指をルディの尻《しり》にあてがうと、すっかり潤って蕩けている彼の蕾《つぼみ》へと進入させた。

「――あっ、あっ……あ……っ」

入れた瞬間、ルディは腰を戦慄《わなな》かせた。すっかり濡れそぼったそこへ、ラフェドの指が抵抗感なくするりと入ってきた。

微《かす》かに聞こえてくる後ろを探る水音が卑猥なものに思える。

「ぁあ……ん……っ、……ぁ」

ラフェドの指の動きに合わせて、切れ切れにルディが喘ぐ。ラフェドははじめ遠慮がちに浅く動かしていたが、ルディの中が蕩けて開いていくのに、次第に深く抉《えぐ》るように動かした。

「――アッ、ああ…ッ、――っ」

ルディの身体が小さく跳ねる。きゅっと中が締まり、先走りの雫が落ちる。

少し進んでは後ろと性器をあやされ、前も後ろもじわじわと甘く疼く快感に浸食された。

徐々にラフェドは指の本数を増やし、そして大胆に動かした。

そうしてラフェドの指が中にある一点を捉《とら》え、ぐりっと指で擦られる。

「…………ひっ……」

ルディの身体に電流のような快感が走り、ぐんと背を反らせた。

「ここがイイのか」

濡れた内壁のそこを撫でられると、ルディの息がひゅっと詰まり、前からはひっきりなしに蜜がこぼれた。

「や、ぁ……っ、……そこ……っ」

どうしようもない過ぎる快感に、ルディは身体をくねらせる。自分をコントロールできない快感など存在するとは思ってもみなかった。

「ルディ……」

中を捏ねられ、さらにジンジンと身体が熱くなってゆく。指が行き来するたび、はしたなくペニスから蜜があふれた。

喘ぎすぎて呼吸すら覚束《おぼつか》なくなったルディの頰を、ラフェドは愛《いと》おしむようにゆっくりと撫で「力を抜いていなさい」とそう言った。

え、と返事をする間もなく、腰を抱えられラフェドのものでルディは貫かれる。

「あぁ……っ!」

襞《ひだ》がぴっちりと広がり、ピリピリとした小さな痛みをルディに与えた。後ろはラフェドのものでいっぱいになっている。ルディの内壁はラフェドの形を覚え込もうとしているのか、きゅうっと締まった。はっきり彼のものを襞で感じ取って、どうしようもなく幸せになる。

ここで繋《つな》がっている。ここでひとつになっている。

「痛いか」

心配そうに覗《のぞ》き込むラフェドに、ひとつ首を振って「平気」と返す。

「だいじょ……ぶだから……ラフェド様お願い……もっと……」

もっとラフェドを感じたい。どうやって中で彼が動くのか、もっと彼を知りたい。

「ルディ……きみときたら……なんて可愛いんだ。そんなことを言ったらどうなるか知らないよ」

そう言うと、ラフェドはおもむろにルディの中を穿《うが》った。そうしてラフェドのものがルディの中を拓《ひら》いてゆく。

「あっ、あ……っ……ん……んっ」

セックスどころか、肌の触れ合いすら覚束なかった身体に急激に快感を覚え込まされ、刷り込まれる。ぐちゅぐちゅと後ろがあられもない水音を立て、中を掻《か》き回された。

ラフェドに突かれるたびに、尻を振って喜び、真っ赤になった性器からはとろとろと蜜を垂らしている。いやらしい眺めにルディは羞恥《しゅうち》を覚えながら、しかし身体の熱はどんどんと上がっていった。

「ルディの中は、たまらないな。……きゅうきゅう締まって俺のを飲み込んで」

荒い息を吐きながら、ラフェドが興奮したように時折「ああ……」と喘いでいるような声を漏らす。

「好きだ、ルディ、……ルディ」

ラフェドの愛を告げる言葉を聞きながら、ルディはもはや応《こた》えることもできず、ただひたすら腰を振る。こんなふうに男を受け入れて動くことを教えられたわけでもないのに、自然と身体は男を受け入れていた。

「っ……イク……、ぁ……っ、イっちゃう……」

ガクンガクンと身体が動き、あまりの快感に怖くなってシーツをかき抱く。身悶《みもだ》えて、絶頂をやり過ごそうとするルディの中を大きくラフェドは穿った。

「あ、あ、ああ…………っ！」

「ルディ、きみの中にぶちまけてもいいか。……もしかしたら孕《はら》むかもしれないが」

その言葉に陶然となった。自分の身体に彼の子を宿せるかもしれないと思うと、ゾクゾクと背筋が震える。

「いい……です……ラフェド様の子種なら……」

頷くと、奥まで入り込んでいるラフェドのものがドクリと膨れあがった。何度か激しく穿たれて、熱が中へ吐き出される。熱く濡れた感覚を奥で覚え、一滴残らず搾り取ろうと、中を締めつけた。

「ああ……………ぁ……」

幸福感に頭の中が白くなる。どこでもない、ここがルディにとっての楽園に相違なかった。

幸せに酔いながら、ルディも自分の熱を再び解放する。

そのまま瞼《まぶた》が落ちるのを、ラフェドが愛おしそうに抱きしめながら見つめていたことは知らないままだったけれども。

Ⅷ

「旦那様、お客様がいらしています」

ハンスが客を取り次いでいいか、とラフェドのもとにやってきた。

「客？　誰だ」

ハンスはシモンならば、ラフェドの許可などなしに通してしまう。ということはシモンではない。ハンスの顔を見ると、どこかこわばっているように見えた。

彼は優秀な執事で、少々のことでは動じない。今も平静を装っているが、いつもとは違っている。その客になにかあると感じた。

「グレゴール・フラウミュラー様ご夫妻でございます」

「グレゴール？　ルディの叔父か」

その名前を聞いて、言いようもない怒りのようなものが身体の中から湧き上がってくるように思えた。

ルディからなにもかも奪った張本人。その張本人がいったいここへなにしにきたというのか。

「さようでございます。ルディの叔父君がラフェド様にお目にかかりたいと。夫人とともにいらしています」

「用件は？」

一瞬の間があって後、ハンスは「ルディのことでとおっしゃっておいででした」と答える。

「ルディのこと……ねえ」

ラフェドは考え込んだ。

どう推測してもルディのためにはならない予想しかない。シモンは彼らがルディの家の財産を食い潰《つぶ》したと言っていたことだし、おおかた金の無心でもしにきたのだろう。

「ハンス、ルディは？」

ルディは今どうしているのか。できることならルディを彼らに会わせたくはない。

「ルディはコックと市場に行っております。戻るのは夕方かと」

誰からも好かれるルディはコックともすっかり仲良くなったようだ。

ヒートを起こしたルディはしばらく少し元気のない顔をしていた。薬のおかげで症状は抑えることができたものの、はじめてのヒートは彼にとってショックだったのだろう。

また、シモンの家に迷惑をかけたことや、ラフェドの前で乱れたことを申し訳なく思っているらしく、しきりに謝ってきた。

ラフェドとしてはあれでルディを手に入れられたため、なんの問題もないのだが。

ただ、心を通じ合わせたと思ってはいるが、ルディ自身、ヒートのさなかだったためか、もしかしたら実感していないのかもしれない。

(俺としても、ヒート中につけ入ったようで幾分後ろめたさはあるが……そのうちきちんと告げなければな。あの子は心配性だから)

ルディには「なにも迷惑ではない」と慰めたが、まだ気分は晴れないのかもしれない。

元気のないルディを心配して気分転換にコックが市場に連れていったようだった。

「そうか。では、ルディと鉢合わせすることはないな」

「はい、旦那様」

「わかった。応接室に通しておけ」

「かしこまりました」

ハンスはうやうやしく一礼すると、ラフェドの部屋から立ち去った。

ラフェドが支度をして応接室へ行くと、ドアの前でハンスが耳打ちをした。

「旦那様、おそらく金の無心と思われます」

それを聞いて、ラフェドは肩を竦めた。

「やはりな」

思っていたとおりだ、とラフェドは乾いた笑いを浮かべる。まったくルディをバカにするのも大概にしろ、と叫びたい気分だった。

ドアを開けると、グレゴールとその妻が一斉に立ち上がった。

「あなたがグレゴール・フラウミュラーか」

「さようでございます」

グレゴールは揉み手をし、へこへことしながら愛想笑いを浮かべた。ラフェドはどの面下げて、と呆れ返り一応名乗る。

「ラフェド・クラウゼだ。今日はどのような用件でいらしたのかな」

彼らの正面の椅子《いす》に腰かけ、いつまでも立っている彼らが見苦しいので座らせた。

「あの、こちらにルディという者が世話になっていると……」

「ああ。それが」

「ルディがフラウミュラーの家の者というのは聞いておりますか？」

「ああ」

ラフェドはつっけんどんな物言いで返事をする。

「実は、あの子は勝手に家を出ていきましてねえ、そのときに大金を持ちだしておりまして……こちらでご厄介になっているということですので、ルディにその金を返してもらえないかと」

聞いているうちに、ラフェドはムカムカしてきた。

言うに事欠いて、ルディが盗みをしでかしたと彼らは言っているのだ。そんなことはあり得ない、とラフェドは憤慨した。たいして金も持たず、野宿までしようとしていた彼だ。大金を持ちだしたのなら、オメガという自分のことを考えて宿に泊まっただろうに。

それに自分はルディの真面目さ、潔癖さをよく知っている。人のものを盗むなど彼が一番嫌がることだろう。

（よくもまあしれっと）

嘘にしても許すことができない、とラフェドは不機嫌を露わにした。

「それにそんな盗みを働いた子を、ここで雇っていると言えば、ラフェド様の名誉にも関わるでしょう。ですから、いえね、私どもはもちろん黙っているつもりですが……ちょっと、その……いくらか金を拝借できたら……と」

そこまでグレゴールが言ったところで、ドアが開く。夕方まで帰ってこないはずのルディの姿がそこにあった。

「ルディ……！」

ラフェドはギリ、と歯噛みした。まさかこんなタイミングで戻ってくるとは思わなかったのだ。

「ごめんなさい、ラフェド様。屋敷の外に停《と》まっていた馬車を見てもしかしたらって……。ハンスさんが止めたのですが、でも、これは僕のことだから」

ルディの後ろにハンスが控えていて、申し訳なさそうな顔をした。あの様子はルディの言うとおり、この部屋に入ることを止めたのだろう。いまさら誰を責めても仕方ない。ルディはこの部屋に入ってきてしまったのだから。

「叔父様、叔母様」

ルディはグレゴールらに向かってそう呼びかけた。

「今のお話、聞かせていただきました。僕はけっして盗みなどしていません。あの家を出ていくときに持っていたのは、父様と母様の形見だけです」

「そんなのわかりゃしないじゃない」

そう茶々を入れたのはグレゴールの妻だ。

「あんたを育てた数年間の養育費を支払ってもらわないと困るのよ。だからこちらのクラウゼ卿にお願いしようと思っただけ。今のあんたのパトロンなんでしょ」

下品な物言いにラフェドは気分がムカムカとしてきた。

果たしてこの者どもは本当にルディの親類なのか、と。

「そんなふうに言わないでください！　ラフェド様はただ、僕を可哀想《かわいそう》に思ってこの屋敷に置いてくださっただけです。僕は……僕はこのお屋敷を出ていきます。だからお二人はラフェド様になにもしないでください。お願いします」

ルディは二人にそう懇願した。

「なによ、その言い方。私たちが悪人みたいじゃない。本当に失礼な子ね！　なんて恩知らずなのかしら！」

ルディの言葉を聞いたグレゴールの妻は鬼のような形相で、テーブルに置いていたカップの中のまだ冷めていない茶をルディの顔に浴びせた。

「ルディ！」

ラフェドはルディの側に駆け寄った。

「大丈夫か」

「ラフェド様……大丈夫です。それほど熱くはなかったから……」

強がってルディはそう言った。ラフェドが見たところ火傷《やけど》はしていなさそうだが、一応冷やしたほうがいいかもしれない。

「ハンス！」

そしてハンスを呼ぶ。ハンスはすぐさま洗面器に水を張ったものを持ってきて、手ぬぐいを浸す。

「旦那様、ルディはわたくしにお任せを」

そう言いながらハンスはルディの手当てをはじめた。

ルディをハンスに任せたラフェドは、まだそこにいるグレゴール夫妻を睨《ね》めつける。

「グレゴール・フラウミュラー」

グレゴールを呼んだその声は、まさしく鬼神そのものだった。声だけで殺してしまいそうな、その圧倒的な迫力と威圧感でグレゴール夫妻を震え上がらせる。

「おまえたちがルディへしでかしたこと、俺はすべて調べ上げている。また、フラウミュラーの財産を食い潰し、高利貸しが屋敷に出入りしていることもな。なのにどの口がルディの養育費などとふざけたことをぬかすのか。本来受け継ぐべきのルディの財産を搾取しまくったおまえたちが言うことではない」

「そ、それは……」

グレゴールはなんとか取り繕おうと必死で声を出そうとするが、ラフェドの迫力の前にほとんど言葉にならない。

「この期に及んでまだ言い訳をするつもりか。調べ上げたと俺は言ったはずだ。おまえたちが帳簿を改ざんし、王家に偽の報告をした挙げ句に脱税していたことも、すべて突き止めているのだぞ。それでもまだ言うことがあるというなら、好きに言うがいい」

ルディに危害を加えなければ、ラフェドはしばらく様子を見るつもりだった。

あまり刺激して、ルディに影響が及ぶほうがよくない結果をもたらすと考えたためだ。

しかし、こうまでルディをこけにされて、怒らないほうがおかしい。

ルディのためにも断罪することを選んだ。

ラフェドの言葉にグレゴール夫妻はなにも言えなくなってしまった。

「おまえたちの悪事については、追って城から沙汰があるだろう。それまでに覚悟を決めておくことだな」

出ていけ、とラフェドは夫妻に強い口調で命じる。

その迫力に気圧《けお》された夫妻は、慌てて逃げるように立ち去った。

「ルディ」

ラフェドが名前を呼びながらルディのほうを向くと、彼は驚いた顔をしてラフェドを見つめていた。

（しまった）

ルディのその顔を見て、ラフェドはやりすぎた、と半ば後悔した。

今の自分は戦場での姿に等しい。殺意を露わにし、微塵《みじん》もやさしさを見せない冷酷無比な自分だ。

きっとルディはこんな自分に恐怖しただろう。そして嫌いになったことだろう。本当の自分は皆の言うとおりに鬼神なのだから。

もしかしたら、もうあのやさしい笑顔を自分に向けてくれないかもしれない――取り返しのつかないことをした。

「今日はゆっくり休みなさい。いいね」

それだけを言って、ラフェドはそれ以上ルディのほうへは振り返らずに部屋を立ち去る。

ルディがどんな顔をしてラフェドを見つめているのか、それを見るのが怖かった。

「ルディ、なにを考えているのですか」

ぼんやりしているところをハンスに声をかけられて、ルディはビクッと身体を固くした。

「す、すみません……」

そう謝ると、ハンスはルディの顔を覗き込んだ。

「この間から、様子が変だと思っていました。なにか心配事でもあるのですか」

聞かれてルディは首を横に振る。

「大丈夫です。なにも……ゆうべちょっと眠れなかったものですから、つい……」

苦し紛れの言い訳をハンスは見透かしているのだろう、ルディをじっと見つめる。

「旦那様の様子も妙ですし、なにかあったのですか」

ラフェドの様子がおかしい、と聞いてルディは目を見開いた。

実はルディがぼんやりしていたのは、そのラフェドのことばかり考えていたせいなのである。

このところ、ルディはラフェドに避けられていた。身の回りのことも、最低限のことはさせてくれるが以前のように話をしてくれなくなってしまった。それにろくに目を合わせてくれようともしない……。

「いえ……別に……なにも……」

「そうですか」

なにか言いたげなハンスにルディはそれ以上突っ込まれたくなくて、「すみませんでした」と慌てて仕事に戻る。

いつものように窓を磨きながらルディは大きく溜息をついた。

叔父のグレゴールがこの屋敷にやってきた後、様々なことがあった。

グレゴールは貴族院から追及されることになったこと、またサビーネもマルティンとの婚約が解消されたことをシモンから聞いた。

――あの人たちはフラウミュラーの家にはいられなくなるかもしれないね。

シモンはそう言っていた。

ルディはグレゴールの家族からもう危害を加えられることはなくなったのだ。

しかし――。

(ラフェド様に嫌われたのかな……ううん、嫌われたんだ。きっと……)

グレゴールのような親戚のいるルディはラフェドに見限られたのかもしれない。あんなにラフェドへ無礼を働いたのだ。ラフェドがどれだけ怒っても仕方ない。

あのときルディはグレゴールたちを止められなかったことを、またラフェドに対して無礼な真似《まね》をさせてしまったことを後悔していた。

(あんなにお怒りになったのは当然だ……)

凄まじい迫力に驚きはしたものの、それより自分のために叔父たちへ怒りをぶつけてくれたことがうれしかった。

けれど、ラフェドには避けられるようになってしまった。

(抱いてくれたのも……好きと言ってくれたのも……あれはやっぱりただの同情だったのかな……)

たとえ同情だったとしても、それでもルディはうれしかった。

大好きな人と肌を合わせる、幸せな経験ができたのだから。

ルディはポケットの中に手を入れる。

ラフェドのために刺繍したハンカチをまだ渡すことができていない。

いつでも渡せるようにと持ち歩いているが、ラフェドに避けられている今、渡すタイミングが摑めないのだ。

話しかけようとしてもつれなくされてしまう。

「ラフェド様……」

そっと名前を呟《つぶや》く。

大好きな人――大好きでたまらないのに、この気持ちの行き場を失ってしまった。

(つがいに……ならなくてよかった……)

こんなふうに大好きな人に嫌われてしまうなんて、あのときには考えられなかった。

愛している、そう言ってくれた人は気持ちが離れてしまったのだから。

ルディは首筋に手を当てる。

噛み痕《あと》のないつるりとした感触を、今はよかったと思うと同時にせつない気持ちが込み上げる。

(噛まれていたら……すごく辛かった)

噛まれていなくてもこんなに辛いのに。

数日経っても、相変わらずの日々をルディは過ごしていた。

そしてラフェドは屋敷を空けるようになっており、数日に一度いるかいないか、という状態だった。

そんなある日。

「ルディ、すみませんが、街までお使いに行ってもらえませんか」

ハンスがたいそう困った顔をしてルディに頼み込んできた。

「どうかしたんですか？」

こんなハンスは珍しいとルディはなにかあったのか、と尋ねた。

「インクを切らしてしまいましてね。旦那様が書類を作るのに、インクがなければ話になりませんから」

ハンスの仕事は多岐にわたっている。その中でも屋敷中のすべてを把握し、すべて過不足なく整えるのがメインの仕事だ。

そしてラフェドもただ戦いに行くだけではなく、領主としての事務的な仕事も多々あるのだ。そのためなにかにつけて書類を作成するのは日常茶飯事なのである。

いつもはハンス自ら買いに行くのだが、忙しいとルディに頼んできたのだった。

きっと、最近ずっとルディが塞《ふさ》ぎ込んでいるため気分転換をさせようと思ったのだろう。

ハンスはいつでもやさしい。

「インクですね。承知しました」

「頼みますね。馬車にはきちんと言いつけておきますから」

思いがけず、街まで行くことになり、ルディは少しだけ気持ちを浮き立たせた。

今日はインクを買うだけだから、ナーヤのいる白鹿亭に立ち寄ることはできないだろうが、それでもあの街の賑やかさは見ていてとても楽しくなる。

ハンスに言われたとおりに、馬車で街に赴くと、クラウゼ家に出入りしている文具店へと足を向けた。

「ルディ、すみません。ここから店まで歩いてもらっていいですか。道路の工事をしているようで、店の前までは馬車をつけられないんでさあ」

御者がルディに困った顔をしてそう言った。

以前、ルディがごろつきに襲われそうになったこともあり、ルディが街に行くときには必ず店の前に馬車をつけることにしていたのだが、それができないというのだ。

「大丈夫ですよ。ここからお店までは目と鼻の先ですし、パッと行ってすぐに帰ってきます」

にっこり笑って返事をする。

御者は「悪いね」と、文具店からほど近い場所に馬車を停めた。

ルディは馬車から降りて、店へ向かう。

ここから角を曲がるとすぐに文具店である。

可愛らしいペンと紙の絵が記されている看板が掲げられている店に入り、ラフェドが愛用しているインクを二瓶と便箋《びんせん》と封筒の束を買い求めた。

ポケットを探って財布を出そうとしたとき、指の先に触れたものがあった。

「あ……これ……」

ラフェドのために作ったハンカチをまだ彼に渡せずにいた。

せめてこれだけでも渡したいのに。

ルディはラフェドの屋敷を出ようと考えていた。これ以上、ラフェドに迷惑をかけるわけにはいかない。

屋敷に彼が帰ってこないのも、ルディと顔を合わせたくないがためなのだろう。

「今日は渡せるかな……」

確か今日はラフェドも屋敷で夕食をとると言っていた。だったら渡せる時間も取れるかもしれない。

これを渡したら、出ていかなくちゃ、とルディは考えた。

「えっと、買い忘れたものはないかな」

ぐるりと店内を見回して買い忘れを確認する。ふと、隅のほうに日記帳が置いてあるのを見つけた。

ついそれに目を奪われ、思わず手に取ってみた。臙脂色《えんじいろ》をした革の装丁がシックで、持ってみると手にしっくりとなじむ感触。とても気に入ったが、そっと元の場所に戻した。

(日記帳……欲しかったな)

クラウゼの屋敷に来てから、日記に書きたいことが山ほどあった。毎日が楽しくて、忘れたくないと思うことばかりだったからだ。楽しいことばかりだけでなく、はじめての恋心も。

もしもっと前にこの日記帳に出会っていたら、そんなさまざまな出来事や気持ちを書き綴《つづ》り、そしてあっという間にページが埋まっていたかもしれない。

けれど、今は――。

ページを埋めるのはラフェドへの気持ちだけ。辛い、せつない気持ちだけで埋まってしまうから……だから今はいい。

「ありがとうございました」

店主に見送られ、ルディは買い物の荷物を抱えて店を出る。

馬車が停まっている角の向こうへと差しかかったときだ。

ドン、と誰かがルディにぶつかってきた。

すみません、と声がしたかと思うと口元になにか布をあてがわれてしまう。そしてルディの意識はそこから途切れてしまったのだった。

頭が痛い。

そう思いながら寝返りを打ちながら、頭を抱える。

痛いのは頭だけではない。

目を瞑っているのに頭の中がグラグラしていて、気分の悪さもある。

どうしたんだ、と、ルディはようやく重い瞼をこじ開けるように目を開ける。

あたりは薄暗くてよくわからないが、ここがクラウゼ邸でないことも、フラウミュラーの家でもないことも理解はできた。

どこかの民家だろうか。いや、見たところ森番小屋といった風情で、部屋には簡素な家具が置かれているだけだ。窓からは西日が差し込んできて、ひどく眩しい。

眩しさに目を細めながら外の様子を見ると、あたりは木ばかりで建物はひとつも見当たらない。しんと静まりかえっているところからみても、どうやら街からは離れた場所のようだった。

ルディはのろのろと身体を起こす。

頭が揺れて、気分が悪かった。

寝かせられていたのはベッドの上だが、なぜこんなところに、とルディは記憶を辿《たど》った。

だが覚えているのは文具店を出て待ち合わせている馬車のところに向かおうとしたところまでだ。

あの後なにかを嗅がされて意識を失った——。

(攫《さら》われたってこと……？　でもどうして)

なぜ攫われたのかルディにはまったく見当もつかなかった。着ているものはごく普通のもので、けっして華美なものではない。見る人が見ればただの使用人であることは明白だ。

果たしてルディを本当に狙《ねら》ったものなのかどうか……。

そう思っていたときだ。

「目が覚めたようだね」

ねっとりした耳障りな声がどこからか聞こえてきた。

この声は聞いたことがある。確か――。

おそるおそる声のほうへ視線をやると、そこにはヘルフルト邸での夜会のときにラフェドへ因縁をつけていた、確か――。

(シルジナの侯爵……名前はアグレル――だったはず)

ラフェドを敵対視している侯爵がいる。

彼の後ろには数人の屈強な男たちがいた。彼の従者というにはまるで洗練されていない男たちである。野蛮そうな男たちは下品な視線をルディに向けてきた。

その視線の種類にルディには覚えがあった。

以前、ラフェドと買い物に出かけた際に、ルディを襲ってきた男たちと同じものだった。

好色めいたその下卑た視線にルディは皮膚を粟立たせる。

アグレルは男たちに下がっているように命じると、ルディのほうへゆっくりと足を向けてきた。

「やあ、ルディくん。私のことを覚えているかな？」

にやにやといやらしい笑みを浮かべながら、アグレルはルディが横になっているベッドに腰かけそう聞いた。

ルディはえも言われぬ不安に陥りつつ、それでもなんとか気持ちを立て直して「はい」と返事をする。

「シルジナのアグレル様でいらっしゃいますよね」

ルディが答えるとアグレルは満足そうな顔をした。

「素晴らしい。きみのように賢い子はいいね。そういうところもラフェドは好んだのかな」

それを聞いてルディはドキリとした。

「それはどういう……」

「そのままの言葉だよ、ルディくん。ラフェドはきみを随分溺愛《できあい》しているともっぱらの噂でねえ。だからあの夜会にも連れてきたのだろう？　きみのその美しさで彼を籠絡したのかな」

ふふ、と意味ありげな笑みを浮かべながらアグレルは楽しそうにそう言った。

しかし次の瞬間、アグレルは打って変わって形相を変える。

それは誰かを憎々しいと思っているような顔だった。

「私はね、ルディくん。ラフェドには随分と煮え湯を飲まされているんだ。それに私をこけにしやがって……！　あいつのせいで、私は国で肩身が狭くなってしまった……！　あいつさえいなければ！」

そう叫ぶように言いながら、ルディの髪をひっ摑む。そしてぐい、とルディの顔を無理やり上げさせた。

「――っ」

嗅がされた薬のせいでまだ頭がグラグラしているのに、さらに頭を揺らされる。

「ルディくんはオメガらしいね。……ああ、オメガの匂いがぷんぷんするよ」

くんくん、と鼻をルディの首元に近づけて匂いを嗅ぐ。

気持ち悪い、とルディは顔を背けた。

「避けることはないじゃないか。私もアルファだからね、オメガの子をよく知っているよ。いやらしくて可愛い子ばかりだった。いっぱい腰を振って、いやらしい声を上げてすごく気持ちよさそうに男を銜《くわ》えるんだ。だからね、——きみも私が可愛がってあげるよ」

ククク、とアグレルはまた表情を変えて、おかしそうに笑い出す。

その様子が不気味で、恐ろしくて、ルディはガタガタと震えた。

ここには自分の味方は誰もいない。それにルディが攫われたこともきっと誰も知らないだろう。誰も助けになどきてくれることはない。そう思ったら、ますます恐怖が募った。

アグレルはルディの首筋に指を触れさせた。

その感触がひどく気持ち悪くて、ルディはぞっとした。

「おや、恋人のくせにまだつがいにはなっていないのか。へえ。相当大事にされているようだ。……オメガなどさっさとつがいにしてしまえばいいものを。たかが性奴隷になにを遠慮しているのかねえ。まあ、それならそれで……」

その声はいいことを思いついた、というような、なにか企《たくら》むような声だった。するとアグレルは「そうだ」と楽しそうに声を上げる。

「私がきみをつがいにしてあげよう。ああ、そうだ。そうしたらラフェドはどんな顔をするかな。あいつが愛しているきみは私とはもう離れられなくなるんだ。きみに拒まれるあいつの顔を見たいものだねえ。——我ながらいい考えだ。きみはとてもきれいな子だし、私はやさしいからきみをずっと飼ってあげられるよ。他のペットより可愛がってやってもいい」

自分勝手なことを、とルディは怒りに打ち震えた。

それに、とルディは思った。

もうラフェドは自分のことを好きではない。だからきっと自分がこの男になにかされてもラフェドはどうも思わないだろう。

けれど、この男にいいようにされるのは嫌だった。

ラフェドに抱かれた思い出だけをこの身体に刻みつけておきたい。

「冗談じゃない……！　僕はペットでもないし、あなたのつがいになるつもりもない！　僕はラフェド様の――」

言いかけたところで、パン、と頬を平手で張られた。鋭い痛みにルディは頬を押さえる。

「うるさい！　黙ってろ！　この淫売が！　オメガなどが私に口答えをするな！」

ルディはアグレルを睨めつけたが「反抗するな！」ともう一度平手で打つと、先ほど下がらせた男たちを呼び寄せる。

数人の体格のいい男たちがゆっくりと向かってくる。中にはルディを見てニヤニヤと舌なめずりをする者もいて、これからなにをされるのかと思うとルディの背筋に冷や汗が流れた。

脳裏にラフェドの顔が浮かぶ。どうしても彼のもとに帰りたい。嫌われていてもいい。顔を見たくないというのなら、それでもいい。彼の視界に入らないところでじっとしているから。でもあの人を見つめるのだけは許してほしい。

屈してなるものかと「あなたのいいようにはけっしてならない！」と叫ぶ。

だがこのままアグレルのいいようにされてしまう。きっと彼はルディをおもちゃのように扱うのだろう。

恐怖に身体を震わせながら、それでも「やめろ！」と声を上げて、あがくように身を捩《よじ》らせた。

「どれだけ叫んでも無駄さ。ここには誰も来ない」

ははは、とアグレルは高笑いした後でさらに続けた。

「オメガにふさわしく、好きなだけ男を銜えるといい。ああ、でも――その前に、ヒートにさせなければね。そのほうがおまえもうれしいだろう？」

アグレルは懐から小瓶を取り出した。

その蓋《ふた》を開けると、独特の香りがする。咄嗟《とっさ》にルディは顔を背けた。たぶん、あれを飲んでしまえばヒートになってしまうのだろう。それだけは避けたくて、ぎゅっと唇を引き締めた。

だが、アグレルは小瓶をルディの口元へ運ぼうとする。アグレルは頑《かたく》なに拒否するルディに業を煮やして、従者の男たちにルディの身体を押さえつけさせた。口を強引に開かされ、いよいよ小瓶の中身を流し込まれようとしたそのときだった。

「ルディ！」

ルディの名を叫びながら、小屋の中に何者かが乱入してきた。

名前を呼ばれた瞬間、その聞き覚えのある声にルディはホッとする。

「ラフェド様……！」

その人の名前を呼んで、姿を探す。すぐそこまでやってきている愛しい人の姿を見て、これまで堪《こら》えてきた涙をこぼした。

「ラフェド……なぜここが」

そして不意をつかれたアグレルは小瓶を持つ手を一瞬止めた。ルディを押さえ込んでいた男たちの力もそのとき緩んだ。その隙を見逃さず、ルディは必死でもがき、拘束から外れた手を大きく動かして小瓶を撥《は》ねのけた。だがルディのその動きで、再び押さえ込まれてしまい、身動きが取れなくなった。

「ルディから手を離せ」

ラフェドの口から飛び出したのはひどく冷酷な声だった。

表情こそなんの感情も表してしないが、いつもどこか温かみが見え隠れしていたルディの大好きな鳶色の瞳は氷のように冷たい。

睨めつけながらじりじりと近づいてくるラフェドを見て、アグレルは即座にルディを抱え込む。そして腰から短剣を引き抜くと、ルディの首元にその刃を突きつけた。

「ラフェド、そこから一歩も動くな。動けばおまえの愛しい恋人の首を掻き切ってやる」

にやりと笑うアグレルにラフェドはふん、と鼻を鳴らす。

「その前におまえの命がなくなるがいいか」

アグレルを睨めつけるラフェドの目は冷徹そのものだ。脅しにも怯《ひる》むことのないラフェドにアグレルは逆上したようだった。

「くそっ」

そう吐き捨てると、ルディの首にあてがっていた刃を引こうとする。

殺される、とルディは思わず目を瞑った。

そのとき、あたりに閃光《せんこう》が走った。

それはまるで稲光のようで、ひどく眩しく、その眩しさに誰もが目を開けていられなくなる。

「うわっ」

次の瞬間、ルディの身体がふわりと宙に浮いたかと思うと、誰かの腕の感触がして、しっかりと抱きかかえられた。

「行くぞ。しっかり掴まっていろ」

耳元でラフェドの声がした。その声が聞こえたところで、ルディはおずおずと目を開ける。視界に飛び込んできたのは、大好きなラフェドの顔だった。

助けられたのだ、とルディはようやく安堵《あんど》し、しがみつくように逞しいラフェドの身体に腕を回す。

ラフェドはルディを抱きかかえたまま、ルディが軟禁されていた小屋から飛び出した。

そうして駆けて小屋を後にする。

ルディは走るラフェドに抱えられたまま、あらためてあたりを見回す。

どれだけ見回しても、街からはずっと遠く離れているところのように思えた。そして鬱《うっ》蒼《そう》とした森の中に、ぽつんと一軒だけ小屋がある。ということは、ここはおそらく森番小屋かなにかだったのだろう。こんなところでは、誰も気づかなくてもおかしくはない。

「ラフェド様、どうして僕の居場所が……」

なのにどうして彼は自分のいるところがわかったのか。

「文具店の店主が、きみが連れ去られるところを見たそうだ。それで店を飛び出したところで、うちの馬車の御者が居合わせてな——彼もきみが戻ってこないので心配したらしい。慌ててきみを乗せた馬車を追いかけてここを突き止めたというわけだ」

御者は屋敷に戻ってラフェドに報告し、そして彼は急ぎここまでやってきたらしい。

どうやらルディはかなり運がよかったようだ。

文具店の店主が見つけてくれなければ、馬車の御者が追いかけてくれてここを突き止めてくれなければ、今頃自分はどうなっていたのだろう。

そしてラフェドが駆けつけてくれたことがなによりうれしい。

ラフェドは自身が乗りつけてきた馬車へ向かいながら「大丈夫か」とルディに尋ねた。

「はい……大丈夫です」

ルディはまだ身体の震えが止まらずにいた。ホッとすると同時に恐怖がぶり返し、アグレルのあの粘着質な目つきを思い出してしまう。

「……よかった……無事で」

その言葉は安堵の中に焦りのようなものまで含んでいて、珍しく切羽詰まったような声だった。

「本当になにもなかったな？」

念を押すように聞いてくる彼にルディは大きく頷く。危ういところではあったが、なにもされてはいない。ただ、平手は張られたが、そんなものの痛みはあのときに犯されそうになる怖さから見れば些細《ささい》なものだ。

ルディは彼を安心させるようににっこりと笑ってみせる。

すると、「よかった……」と今度こそ心底安心したような声で言い、そしてラフェドはルディにキスを落とした。

触れた唇からじんわりとやさしい熱が伝わる。その包み込むような温かさにルディの身体の震えはようやく止まった。

とそのときだった。

ビュウ、と空気を切り裂くような音が聞こえるなり、ラフェドとルディは地面に転がされた。どすん、と身体ごと落ちたが、ルディはラフェドが咄嗟に受け身を取って守ってくれたおかげで地面に叩きつけられることはなかった。

「ラ、ラフェド様っ、大丈夫ですか……⁉」

ルディの下敷きになったラフェドにそう聞くと「これしきのこと」とルディを安心させるように言う。

よかった、と思う間もなく、今度は激しい風が吹き、起き上がれなくなる。そこに火球が次々に落ちてきた。

「俺の側にいろ」

そう言って、ラフェドはルディを抱き起こし、庇《かば》うように背中の陰に隠した。

火球は以前貴族のドラ息子が打ち放ったものよりもずっと大きく、数も多い。だが、ひっきりなしに打ち込まれるそれをラフェドは次々と無効化していった。

「ルディ、走れるか」

ラフェドに聞かれて、ルディは頷いた。それを見た彼も頷き返した。それを合図に二人は駆け出す。

降り注がれる火球を避《よ》け、ときには無効化しながら、ラフェドとルディはようやく馬車まで辿り着く。

火球や竜巻に恐れをなしたのだろう、御者は逃げ出したようで馬車の中は空だった。

「大丈夫か。すぐに結界を張ってやる。ルディ、こっちにこい」

ラフェドは言うなり、ルディを呼び寄せる。

「この中にいろ。いいな」

容赦なく火球が降ってくる中、ラフェドはルディを馬車の中に押し込める。

「ラフェド様、でも」

「あのくらいすぐに蹴散らしてやる。安心しろ。いいから、ルディはここにいてくれ」

ルディはラフェドの側にいたいという気持ちをぐっと堪えて、「わかりました」と告げる。その声を聞いたラフェドはにっこりと笑った。

(ラフェド様を信じなくちゃ)

彼の笑顔がとても頼もしく思え、ルディは不安な気持ちを心の中で搔き消した。

そして――。

ラフェドが馬車の扉を閉めようとしたとき、ルディは彼の手の甲から血が流れていることに気づく。

「ラフェド様、傷が……！」

「ああ、かすり傷だ。たいしたことはない」

「いけません。これを」

そう言いながらルディはポケットからハンカチを取り出した。

ずっと渡せなかった、ルディが刺繡を施したハンカチ――戦いに赴く彼のために一針一針心を込めて作ったものだ。

それでラフェドの手を縛り、止血する。

こんなところで使うことになるとは思わなかったが、今こうして使うことができてよかったとルディは思う。

「ありがとう、ルディ」

そう言って、ルディの手に小さく口づけた。

「すぐに片づけてこよう」

ラフェドは不敵な笑みを浮かべると、身体を翻し、敵へと向かっていった。

＊＊＊

「くそっ」

風魔法だけでも厄介なのに、火球は相変わらず威力を衰えさせることなくラフェド目がけて打ちつけてくる。

「風は……アグレルか」

アグレルは風魔法の使い手である。竜巻を起こしたり、風を利用しての切り裂き魔法なども使っているようだった。

「しかし、魔力には難あり……だな」

竜巻などを一度起こすと、次の魔法までにタイムラグがかなりある。魔力が回復するまで時間がかかるらしく、竜巻がラフェドによって無効化されるとわかると、こまめに使える切り裂き魔法に変えてきた。

「アグレルは魔力切れで自滅するだろうが……厄介なのはあっちだな」

火球を打ってきたのはルディを襲おうとしていた男たちの中のひとりだった。

そのひとりがかなり強い、とラフェドは踏んでいた。

魔法だけでなく、おそらく剣の腕前も相当だ。

ルディを馬車に置いた後、すぐに男がひとりラフェドに襲いかかってきた。その太刀筋《たちすじ》は鋭く、ラフェドはそのとき躱すだけで精一杯だった。

とはいえ、ラフェドも百戦錬磨のエネリアの鬼神と呼ばれた男である。

複数相手に的確に次々に相手を戦闘不能にし、数を減らしていった。

ただ、ルディが近くにいるため、威力の強い大魔法の使用は躊躇《ためら》われた。そのため相手の攻撃魔法を封じつつ、剣を用いて戦っていたのである。

時間が経つにつれ、アグレルの魔力が尽きたのか、風魔法の影響はなくなっていた。

「アグレルの魔力が尽きたな。今のうちか」

魔力切れになると、たいていは立てなくなるほど疲弊するものである。よほどの体力自慢でも激しく動くのは難しい。

アグレルは放っておいてもいいだろうと判断し、残る戦士を今のうちに片づけなければと、ラフェドから斬りかかっていった。

まともに刀を交えると、男の強さがよくわかった。

きっとこの男がアグレルの側近なのだろう。他の男たちとは戦い方がまるで違う。この男は戦場で戦った経験が豊富だ、とラフェドは感じる。戦い慣れしている男の剣は技巧に長《た》け、ラフェドを揺さぶる。

剣と剣がぶつかり、火花が散る。互いに打ち込み、それを防ぐ。なかなか決着がつかずにいたそのとき、思いがけず風の切り裂き魔法がラフェドへ向かって打ち込まれた。

(しまった……！)

アグレルはもうすべての魔力を使い切ったと油断していた。

まともに切り裂きを浴びてしまう、と思ったその瞬間――。

かつて戦場で起こったことと同じ――光の膜がラフェドを包み、その光が魔法を打ち消してしまった。

(これは……ルディの……？)

手の甲に巻いたルディのハンカチが加護の力を発揮し、ラフェドを危機から救う。

ふと見ると、ハンカチには幸運のモチーフである四つ葉のクローバーとラフェドのイニシャルが丁寧に刺繍されている。

(ルディ……)

ラフェドの胸に愛しさが込み上げた。

とはいえ、今は戦いのさなかである。

加護の効力は一度きりのものではあるが、ラフェドはそれで十分だ、と体勢を整え、剣を構え直す。そしてすぐさま反撃に転じた。目の前の男の剣がわずかにぶれたのを見逃さず、そこをすかさず斬りつけた。

男は倒れ、ラフェドはまだ無傷でいるだろうアグレルを追った。だが、アグレルの姿はそこから消えてしまっていた。

たぶん、あの風魔法がルディの加護の力によって打ち消された直後に逃げ出したのだろう。

アグレルをここで斬ってしまえば、外交にも関わってくる。ルディにしでかしたことを思うと、腸が煮えくりかえるような気持ちにはなるが、そのまま見逃すことにした。

IX

「ルディ、無事か」

ラフェドの声がして、ルディは馬車の扉を開け、はじけるように外へ飛び出した。

「ラフェド様……！　ラフェド様こそご無事ですか……⁉」

目の前にいる彼にはどうやら傷はなさそうだが、どこかぶつけたり打ったりはしていないだろうか。見える傷よりも面倒なのは見えないところの傷だとも聞く。

「すぐに蹴散らしてやる、と言っただろう？　とはいえ、少々厳しかったがな。ルディのくれたお守りのおかげで助かった。きみに助けられたのはこれで二度目だ」

ありがとう、とラフェドはルディに礼を言う。

「よかった……僕の力がお役に立てて……」

自分が誰かの役に立てたのだ、とルディは喜んだ。それも大好きなラフェドの役に立ててこんなにうれしいことはない。

「怖い思いをさせたな。すまなかった……」

ラフェドはルディを抱きしめる。ルディも彼の背に手を回す。

「いいえ……いいえ……こうしてご無事でいらしたのです。僕はそれだけで……それにこうしてまたラフェド様とお話ができて僕は……嫌われたと思ったから……」

「嫌うわけがないだろう。俺がきみを嫌う理由はない」

「でも……ずっとお顔を合わせてくださらなかったから……」

すると背に回したラフェドの手の力が弱まった。

「ルディ、俺のほうを見ろ」

その言葉に顔を上げると、ラフェドが真剣な眼差しでルディを見つめていた。

どこか苦しそうなその顔にルディは思わず手を触れる。

「どうか……したんですか」

「……こうして俺の側にいれば、こういうことがまたあるかもしれない。俺の側にいることがけっしていい環境ではないだろう。それに俺はこういう男だ。冷酷無比な鬼神なのだぞ。わかっているのか？」

そう切り出すラフェドの顔を見るのは、はじめてといっていいくらいだった。戦場に赴くときでさえ、常に冷静であり、取り乱すことはないのだ。なのに、今の彼の声は僅《わず》かに上擦り、喉の奥から絞り出しているような気さえする。

「ラフェド様……？」

嫌な予感がした。彼が次になにを口にするのか、ルディは聞きたくないと思ってしまう。

「俺は……きみと会ってはじめて怖いという感情を覚えた」

ぎゅっとラフェドは唇を引き結ぶ。そしてルディの身体を強く抱きしめた。

「さっきも……アグレルに組み敷かれているきみを見たら、頭の血が沸騰するくらいの怒りを覚えた。今日はすんでのところできみを助けることができたが、あとほんの少しでも遅かったらと思うと気が気でなくなって……きみにも怖い思いをさせた」

どこか泣いているような声音はルディの胸を締めつける。

「きみが……望むなら……もう俺の側にいることで怖い思いをしたくないと思うなら、私のもとから離れてくれて構わない。シモンを頼れば、きみはフラウミュラーの当主にもなれるはずだ」

思いがけないラフェドの言葉にルディは息を呑《の》んだ。

「だから……僕のことを避けていたのですか？」

「そうだ。きみに怖いと思われたくなくてな……しかし、俺は俺でしかない。だから、いつきみを怖がらせてしまうか……それが怖い」

以前のルディなら彼にこんなことを言われたら、引き下がってしまっていたかもしれない。けれど、今のルディはラフェドが本心から言っているわけではないのがわかっている。

すべてルディのことを思ってくれているから、このやさしい人はなによりルディを大事にしてくれるから。

だから——。

「ラフェド様、僕はラフェド様のことをけっして怖いとは思いません。はじめて見たときはちょっと怖いと思いましたけど、ラフェド様は理不尽に怒りをぶつける方ではないと僕は知っています。そして、あなたがとても思いやりがあって……誰よりもやさしいことも」

ルディはラフェドの胸に顔を埋め、そして強く抱きしめる。

それから再び顔を上げてラフェドの目を見た。

「ラフェド様に大嫌い、って言われるまでお側にいます。だからそんなことをおっしゃらないでください。それより、本当に僕のことが嫌いになってそんなふうにおっしゃるのですか。そうなら僕はすぐにでもお屋敷を出ます」

じっと、目を逸《そ》らすことなくラフェドを見つめながら、ルディはゆっくりと彼に言い聞かせるようにそう言った。

「ラフェド様は以前、僕を必ず守ってくれるとおっしゃいました。今日だって、ちゃんと守ってくださった。ラフェド様がいらしてくれたから、僕はあの人になにもされることなく、こうしてあなたを抱きしめることができているんです」

「ルディ……」

「僕は……どんなことになってもラフェド様の側にいるって決めたんです。だからそんな悲しいことおっしゃらないでください。嘘でも、離れてくれて構わない、だなんてそんなこと……」

言わないで、とルディはラフェドにしがみつくように抱きしめる。この手を離さないで、けっして。そんなことを思いながら。

「……悪かった」

ラフェドはつい今し方まで寄せていた眉間《みけん》の皺《しわ》をほどく。そうしてルディの顔を上向けると小さく口づけた。

「……俺は臆病風《おくびょうかぜ》に吹かれたらしい。きみに嫌われたり、失うくらいなら、遠ざけたほうが、などと珍しく後ろ向きな策に惑わされていたようだ。ルディが傷つくのを見るのが辛い、とそんなふうに思って……すまなかった」

「ラフェド様、僕はいくら傷ついても平気です。それよりも僕はあなたに嫌われるほうがずっと怖い……」

「嫌うわけがないだろう。俺はきみを愛しているのだから」

「だったら僕を離さないで……ずっとお側に置いてください」

ルディの願いのその返事はやさしい口づけと、そして——。

「——俺のつがいになれ、ルディ」

その美しい瞳に吸い込まれそうになる。ルディは彼の美しい姿に囚《とら》われながら、上擦った声で告げる。

「僕を……ラフェド様のつがいにしてください。あなたのつがいになりたい」

もちろんだ、というやさしい声とともに強く抱きしめられる。そうして彼の逞しい胸の中にルディの身体は包まれた。


一度はもうこの大好きな人とお別れすることも考えた。

だからこうして二人でいるだけで、少し触れるだけで、そして唇を重ねるだけでこれほど昂《たか》ぶっている自分に驚かされる。

屋敷に戻るなり、二人でベッドになだれ込んだ。

ラフェドの下肢を見れば、自分と同じように屹立《きつりつ》して前を濡らしていた。

彼も興奮している。

そう思えばひどく幸せな気持ちになる。

ヒートのときに抱かれたときとはまるで違った。

だって――口づけから違う。

歯列を割られ、ゆるゆると舌で歯茎と上顎《うわあご》を舐め取られる。舌を搦《から》め捕られて愛撫される。

頭の奥がじんと甘いほどに痺れていた。

ラフェドの唇が、ルディの唇を離れ、首筋に鎖骨に這《は》っていった。

舌で舐《ねぶ》られ指で捏ねられてルディの乳首はぷっくりと紅く尖《とが》る。すっかりラフェドの愛撫で変えられた身体だ。快感に素直に反応する。

カリ、と乳首を引っ掻かれ、ルディは甘く声を上げた。

「……っ……ん……ぁ……」

その自分の声を聞いて、あまりにもそれが甘いとルディは耳を塞ぎたくなるほどの羞恥を覚えた。

それほどその声は淫蕩《いんとう》な音を伴っていた。

「恥ずかしい……恥ずかしくて死にそうです」

ルディは両手で自分の顔を覆い隠す。

その手をラフェドはそっと払いのけた。

「恥ずかしいことなんかない。……もっと聞かせろ」

言って、ルディに口づけた。

ほんの少し、ラフェドに触れられただけでも肌の上を弱い電流が走っていくような感覚に陥る。

気持ちが伴えばこの行為は容易に快感を引き起こす。気持ちが通じ合った今、あっという間に身体は溶けてしまう。

それはまるで砂糖菓子みたいだ、とルディは思う。

甘くて舐められて囓《かじ》られて、溶ける。

「……っ！」

そんなことを頭の隅で思っていると、ぐちゅぐちゅと後ろを弄っているラフェドの指が奥の一番に感じるところへと当たり、あまりの快感に身体がビクリと跳ねた。

何度もそこを擦られてルディの唇は閉じることを忘れたように喘ぎを漏らす。

「……あ……ぁ……ん……っ」

ラフェドの首に腕を巻きつかせてしがみつき、快感を我慢できないと声を上げ続ける。

「……すまない……もう、ダメだ」

く、とラフェドが喉を詰めて我慢できないように声を漏らした。

みだりがわしいルディの痴態をまざまざと見せつけられて、限界がきたらしい。ラフェドはそれまでルディの後ろの蕾に入れていた指を引き抜く。そうしてルディの脚を抱え上げると性急にその滾《たぎ》った熱塊を代わりに埋め込んだ。

「あ、あ、あああっ……！」

太く逞しいもので後ろを埋められる感覚に背中が震える。隙間なくぴっちりと埋め尽くされ、ルディは昂ぶった悲鳴を上げた。

しかもルディが中をきつく締めつけるものだから、ラフェドはたまりかねたように腰を動かす。

「……ぃ……や……ぁ……あ……ッ」

いきなりの抽挿は刺激が過ぎた。ルディは耐えかねてラフェドの肩口に歯を立てる。

「――ッ」

ルディに噛まれ、よほど痛かったのかラフェドが眉《まゆ》を顰《ひそ》めた。

ゆさゆさとラフェドに腰を動かされルディの身体も激しく揺れる。

何度も揺すり上げられるうち、ルディの顔が快感に歪《ゆが》んでくる。ラフェドも荒い息を吐き、眉根を寄せていた。

その顔はひどくセクシーで、なんとも淫猥《いんわい》で……そんな顔をさせているのが自分だと思うとルディはうれしくなる。

「ルディ……ッ、ルディ……」

ラフェドがルディを強く抱きしめ、深いところまで腰を入れてきた。小刻みにルディのいいところを抉って、身体がどろどろに溶けるような快感を与えてくる。

「ラフェド……さま……っ、好き……好きです……お慕いして……」

快感にむせび泣きながら、ルディは口にする。

はじめはルディのことを単に可哀想に思っただけだっただろう。でもいつでもルディを守ってくれた。

「きみに会えてよかった……。愛している……ルディ」

今は恋人になれたのだ。

このままこの快感と一緒に自分は溶けていってもいい、とルディは思う。こんなに幸せな気持ちでいられる。

深い陶酔の中、自然にルディの腰が揺れる。彼のすべてをどれだけでも受け止めたい。

「ラフェド様……、お願い……僕の中……に……くださ……い。つがいに……して」

首筋を噛んで、そしてあの熱いものを自分の中に注いでもらいたい。それでいっぱいにしてもらいたい。なにもかもこの人のものになりたい。

「ああ……、ルディ。……全部……全部やる。俺のつがいになれ」

いいか、ときつくラフェドはルディの首筋を噛んだ。

「――――ッ！」

ガリ、と鋭い痛みが走る
一瞬、頭の中に閃光が走り、次いで身体が熱くなった。

それと同時に中をひときわ深く穿たれて、ラフェドはルディの中の一番深いところで欲望を解き放つ。

「あ……あぁ……熱……い……」

ルディは濡らされる感覚に中をひくつかせ、白濁を迸《ほとばし》らせる。そうしてその蕩けるような悦楽に自らも落ちていく。

首筋に一生消えない印がついたルディの身体をラフェドは強く抱きしめた。


目を開けると、ラフェドの精悍《せいかん》な顔がすぐ側にあってルディはどぎまぎとする。

前はルディがヒートが明けた後で深く眠りすぎて、ラフェドの姿はなかったから。

ラフェドの胸に抱かれて眠るというのははじめてだった。

いったいいつから彼は目覚めていたのか。じっと見つめられていて、つい目を伏せる。

「お、おはよう……ございます」

妙に照れくさい。声が上擦った。

「ルディが寝坊とは珍しいな」

クスクスと笑われ、え、と時計を見ると朝というよりもう昼が近い時間だ。

「うわ……っ、どうしよう」

仕事をすっかりサボってしまった、としゅんとしょげる。

ラフェドは「大丈夫だ。本気にするな」とルディの額に口づけた。

「でも……」

心配そうにするルディにラフェドが笑う。

「大丈夫だと言っただろう？　ハンスの許可ももらってあるから安心しろ」

「ええっ」

ハンスも知っているのか、とルディは顔を赤くした。次にハンスに会うときにいったいどんな顔をしていいのかわからない。

「ハンスは喜んでいたぞ。あいつはきみを本当の孫のように思っているからな。俺とルデ

ィが結婚するのを実は一番望んでいたのはハンスだったんだぞ」

そうなんだ、とルディはパチパチと目を瞬《しばたた》かせた。

「たまにはこういうのもいい」

そう言ってラフェドはルディを抱き寄せる。

ラフェドの体温を感じながらルディは彼の胸に頭を寄せた。

心臓の音が聞こえる。規則的な拍動が心地よくてまた眠ってしまいそうだ。

「なあ、ルディ」

話しかけられて、ルディは顔をラフェドのほうへ向けた。

「なんですか？」

「ディシトアへ行こう。きっときみも気に入る。夏になると花がいっぱいで、美しいところだ」

ラフェドがルディを抱きしめてそう言った。

ルディは彼の目を見つめながら、こっくりと頷いた。

やさしく見つめられながら、これから寄り添っていく、愛しい人との新しい暮らしを夢に見る。

身体中に愛がいっぱいにあふれている。あふれてうれしくて、幸せだった。

Epilogue

賑やかだった社交界のシーズンも終わりを迎える頃、あたりの木々の葉が色づきはじめる。季節がひとつ変わる間に様々なことがあった。

フラウミュラーの家督問題は、ルディの取りなしでグレゴールがそのまま当主となることが正式に決まった。

この決定についてラフェドもシモンも不満げだったが、ルディはもうなにもなくなってしまったグレゴール、そしてサビーネのことを考えてそうしたのだ。

お人好しと言われたが、自分ばかりがこんなにも幸せなのが申し訳なかった。

とはいえ、財産はもうほとんどないため、今後どうしていくのかは、グレゴールとその家族次第だけれども。

フラウミュラーに戻らなくていいのか、とラフェドに聞かれたが、ルディはラフェドの側にいられればそれでよかったから、なにも未練はなかった。

そしてラフェドたちもそろそろ故郷への帰り支度をはじめていた。

来週にはディシトアに向かうため、今日はシモンが遊びにやってきていた。

「ふむ、この賑やかなサンルームともしばらくお別れということだね。それにしてもおまえがいない間、ハンスはこの膨大な植物の世話に明け暮れるということか。大変だなあ、ハンス、と茶を淹《い》れる優秀な執事にそう話しかける。

確かに様々な植物の世話をするのは骨が折れる。しかし、ルディはこのラフェドが愛したサンルームがとても好きだった。

「慣れたものでございますよ、シモン様。毎年のことでございますからね。ただ、そろそろまた誰か雇い入れませんと。ルディは旦那様に取られてしまいましたからね」

ちらっと横目でハンスがラフェドを見る。ラフェドは困ったように肩を竦めていた。

「それは私もだよ。せっかくルディくんとこうして話ができるようになったのにねえ。まったく悪いやつがいるものだ。とはいえ、まあ、親友の幸せは大いに祝ってあげるとしよう。——それで結婚式はディシトアで挙げるということなのだね」

シモンがつまらなさそうにそう言った。

「ディシトアは遠いよ、ラフェド。きみたちを祝福するために行くけれど、せいぜい歓待してくれよ？」

「わかっているさ。おまえの好きな肉をどっさり用意して待っていてやる。鹿でもうずらでも、要望に応えよう」

「おや、それは楽しみだ。まあ、ディシトアはいいところだからな。ルディくんもきっとのびのび過ごせるだろう」

「ああ。それに……」

ラフェドがそう言いながら、隣に座るルディの顔を見る。

ルディもラフェドと顔を見合わせ、互いに小さく笑った。

「なんだなんだ、二人で意味ありげに笑って」

シモンはムッとしている。どうやらのけ者にされたように思っているのだろう。

「すまない。実は、ルディはおめでたでね」

ラフェドがちょっぴり照れ臭そうにシモンに告げた。

それを聞いたシモンの顔がパッと明るくなる。

「それを早く言えよ！　水くさいな！　そうか、おめでたか！　よかったな。いや、それはめでたい。ルディくん、おめでとう」

シモンに祝いの言葉をもらい、ルディは「ありがとうございます」とはにかみながら返事をする。

「シモン様のおかげで、僕はこうしてラフェド様のお側にいることができます。なんとお礼を言っていいか……」

するとシモンはふふっ、と小さく笑う。

「運命の二人だからね。私ははじめからきみたちが結ばれると思っていたよ。それにしても、ラフェドもきみと同じで両親を亡くしているからな。お互い、新しい家族が増えるのだな。それはよかった」

「ありがとう、シモン」

ラフェドがしみじみと喜びを嚙みしめるようにシモンとハグをする。

その二人の姿を見ながら、ルディも親友同士というのはいいな、とほんの少し羨ましくなる。こんなときは二人の間に入れないと思う瞬間だ。

「さあ、皆様、おいしいケーキが焼き上がったようですよ。今日はイチジクとクルミのケーキだそうです」

ハンスがワゴンにケーキをのせてやってきた。

それを見て喜んだのはシモンだ。甘党の彼はホクホク顔でワゴンを見つめている。

切り分けられたケーキを頰張りながら、シモンはルディに耳打ちをする。

「幸せになるんだよ。きみは幸せになる運命なのだからね」

そう言ってウインクをする。

「はい、もちろんです。僕はラフェド様とだったらいつでも幸せですから」

それを聞いていたラフェドが照れを隠すように、一気にケーキを頬張った。

知^ち
音^{いん}

「ほお、これはこれは。いや、非常に美味な酒だね」

バカンスという名目でディシトアを訪れたシモンが、ラフェドに振る舞われた酒をひと口飲んで、感嘆の息をついた。

「口に合ってよかった。ルディが丹精して作った酒だからな」

ラフェドが自慢げに胸を張るのを、ルディはなんとなく気恥ずかしくなりながら見ていた。

「これはワインではなく、果実を漬けた酒なのだろう？　いったいなんの実を漬けてあるんだい？」

シモンがグラスを手に、ルビーのような美しい赤い色の酒をじっと見つめながら聞く。

「これはさくらんぼを漬けてあるんです。ディシトアはいろいろな種類の小さな果実がたくさん取れるので、どのお屋敷でもこんなふうにお酒にするんですよ。このさくらんぼ酒は自分でも会心の出来だったので、シモン様にぜひ召し上がってもらいたくて」

「いや、これは本当に旨《うま》い。それにしてもディシトアではなにを飲んでも食べても旨いものだ。ルディくんがふっくらするのもよくわかる。幸せそうでなによりだ」

ルディがこのディシトアにやってきて、もう三年が過ぎた。ラフェドがかねてより素晴らしいところだと言っていたとおり、自然が豊かでとても美しいところだとルディも同感している。確かに冬は厳しいが、四季がはっきりしていて、どの季節も生物が生き生きとしている。また豊富な食材に恵まれていることから、ルディも料理を習いはじめた。そしてはまったのがこの果実酒作りなのである。

（こんな素敵なところで暮らせるのは本当に幸せ……）

大好きなラフェドと結ばれ、ルディは心から幸せだと実感していた。それに——。

「かあさま……！　かあさま、あのね……！」

ラフェド譲りの黒い髪をした小さな子がほっぺたを真っ赤に染めて駆け寄ってくる。この子は自分とラフェドの間に授かった息子のカイだ。病気もほとんどせず、このディシトアの大らかな自然とともにすくすくと育っている。

「どうしたの、カイ。なにかあった？」

ルディがそう聞くと、カイは「はい、かあさま」と紅葉《もみじ》のような小さな手を広げた。

そこには赤い小さな果実が数粒のっている。

「わあ、カイ、よく見つけたね」

「かあさま、これ、しゅき」

「うん、僕の大好きな実を覚えていてくれたんだね。ありがとう、カイ」

カイから果実を受け取って、ルディはぎゅっと彼を抱きしめた。家族を失ったルディはまた新たな家族を得て、こうして毎日抱きしめている。なによりの幸せだ。

「おお、カイくん、大きくなったね。私のことを覚えているかな。さ、こちらへおいで」

声をかけられて、カイは戸惑ったようにシモンとルディの顔を交互に見つめている。

「カイ、父様のお友達のシモン様だよ。お側《そば》へ行って差し上げて」

「とうさま、おともらち……？」

カイがじっとシモンを見つめていると、シモンはにっこりとカイへ笑いかける。

「そうだよ、私はきみの父様の大親友なのだ。おっと、大親友、と言ってもわからないかな。とにかく、いちばんなかよしの友達ということだね」

それを聞いて安心したのか「なかよし……！　おともらち……！」とカイはシモンのところへ駆け寄った。シモンはカイを愛《いと》おしそうに見つめ、そしてあれこれとおやつをカイに与え、そしてカイのほうもすっかり懐いているようだった。

ただ、その横でラフェドは「誰《だれ》が大親友だ」とぶつくさと呟《つぶや》いていたが。

そんな様子にもルディは微笑《ほほえ》ましく思い、にこにことしてしまう。ラフェドとて、内心ではシモンをかけがえのない友人と思っているはずだ。ただ彼の性格上、それをシモンのようにあけすけにできないのだ。

「おや、ルディくん、そういえば今日は少し顔の色がよくないが、体調でも崩したのかな」

こんなふうにルディの体調にさえ気づくのは、さすがにシモンというところか。人をよく見ている。

「いえ、大丈夫です。ただ――」

そう言いかけたところで割って入るようにラフェドが続けた。

「ルディはちょっと大事な時期でね。まあ、おまえがさっきルディがふっくらしたと言っていたが、それは……来年にはもう一人家族が増えるからなんだが」

ラフェドが少し照れ臭そうにしながらシモンへそう言った。

シモンはそれを聞いて、パッと顔を明るくする。

「そうか！　それはよかった。つくづく私はきみたちの幸せな話を聞く運命にあるのだな。それにしても、ちょっと見ない間にカイくんも大きくなったし、この子やこれから生まれてくる子の成長を間近で見られないのは寂しいねえ」

心から残念そうに言うシモンにラフェドは「おまえもさっさと身を固めればいいだろう」と冷たい言葉を投げかけた。

「ラフェド、それは少々冷たくはないか。きみはルディくんと運命の出会いを果たしたからそんな簡単に言うのだろうけれど、私だって、熱く狂おしい恋をしたいんだよ。そのために毎夜、夜会に出かけていくけれど、出会いなどそうそうなくてねえ」

はあ、とシモンは大きく溜息《ためいき》をつく。社交界のアイドルも必要で夜会には出ていくものの毎夜のこととなると、疲れが出ているのだろう。

「シモン様なら、きっととても素敵なお相手が見つかりますよ。それまではいつでもディシトアへ遊びにきてください。カイも喜びます」

「そうだな。おまえに相手が見つかるまでは、俺が酒の相手をしてやるから」

「なにを言う。私がおまえの相手をしてやっているのだからな。そこのところは間違えるなよ」

そう言ってシモンとラフェドはルディのさくらんぼ酒を手にして、笑い合う。

互いに言いたい放題だが、二人の友情は本物だ。きっと、どこにいてもいつまでも二人はこうして酒を酌み交わすのだろうな、とルディは二人を微笑ましく見つめる。

朝になって、すべての酒が空になっているのを見たルディは苦笑いしたけれども。

あとがき

こんにちは、葉山千世です。

このたびは「黒騎士辺境伯と捨てられオメガ」をお手に取ってくださりありがとうございました。

オメガバースとヒストリカルな世界観ということで、ない頭を捻りながら書かせていただきました。ルディとラフェドの恋はいかがでしたでしょうか。

今回、一番書いていて楽しかったのはラフェドと親友のシモンの会話でした。シモンは本当に書きやすくて、油断をすると勝手に動き回ってしまうので、その兼ね合いが難しかったです。でもとても楽しかったです！

ところで、今年の夏は本当に暑いですね。延々と猛暑日と熱帯夜が続いたこの夏で、私ははじめて夏バテというものを体験しました。このあとがきを書いている今も、あり得ないくらい暑くて、ぐったりしています。

あまりに暑いため、通勤の道のりが辛くて、いわゆるひんやりグッズ系もあれこれ買って試しましたが、最強はやっぱり日傘ですね。めちゃくちゃいい日傘を買って、なんとかこの暑さに立ち向かっていますけれど、かなりへこたれているので、早く涼しくなってほしい……と願っている毎日です。

また暑いせいか、レモン味のものが今年はすごく食べたくて、作中にもついついレモンのお菓子を書いてしまいましたが、書いているときは本当に食べたくて。実はまだ食べられていないので、もう少し涼しくなったら、おいしいレモンのお菓子を買いに行こうと思います。

さて、今回イラストを木村タケトキ先生につけていただきました。

木村先生の華やかなイラストがヒストリカルな雰囲気にぴったりで、拝見してすごく喜んでいます。先生、本当にありがとうございました！

そして担当様、この本を読んでくださる皆様にも心からの感謝を。

ではまた次の作品でお目にかかれましたら幸いです。

葉山千世

本作品は書き下ろしです。

ラルーナ文庫

この本を読んでのご意見・ご感想・ファンレターなど
お待ちしております。〒110-0015 東京都台東区
東上野3-30-1 東上野ビル7階 株式会社シーラボ
「ラルーナ文庫編集部」気付でお送りください。

黒騎士辺境伯《くろきしへんきょうはく》と捨《す》てられオメガ

2023年12月7日　第1刷発行

著　　者｜葉山《はやま》千世《ちせ》
装丁・DTP｜萩原 七唱
発 行 人｜曺 仁警
発 行 所｜株式会社 シーラボ
〒110-0015　東京都台東区東上野3-30-1　東上野ビル7階
電話　03-5830-3474／FAX　03-5830-3574
http://lalunabunko.com
発 売 元｜株式会社 三交社（共同出版社・流通責任出版社）
〒110-0015　東京都台東区東上野1-7-15
ヒューリック東上野一丁目ビル3階
電話　03-5826-4424／FAX　03-5826-4425
印刷・製本｜中央精版印刷株式会社

ISBN978-4-8155-3288-8